文春文庫

未《いま》だ行《ぎょう》ならず

上

空也十番勝負（五）決定版

佐伯泰英

文藝春秋

目次

第一章　改　名　13
第二章　父の秘密　76
第三章　新蔵の迷い　136
第四章　小太郎の正体　199
第五章　過ぎし日に　259

「空也十番勝負」 主な登場人物

坂崎空也（さかざき くうや）
江戸神保小路にある直心影流尚武館道場の主、坂崎磐音の嫡子。父の故郷・豊後関前藩から、十六歳の夏に武者修行の旅に出る。

薬丸新蔵（やくまる しんぞう）
薩摩藩領内加治木の薬丸道場から、武名を挙げようと江戸へ向かった野太刀流の若き剣術家。

宍野六之丞（ししの ろくのじょう）
重兼の近習。

渋谷眉月（しぶや まゆつき）
重兼の孫娘。江戸の薩摩藩邸で育つ。

渋谷重兼（しぶや しげかね）
薩摩藩八代目藩主島津重豪の元御側御用。

高木麻衣（たかぎ まい）
長崎会所の密偵。

鵜飼寅吉（うかい とらきち）
長崎奉行所の密偵。

坂崎磐音（さかざき いわね）
空也の父。故郷を捨てざるを得ない運命に翻弄され、江戸で浪人となるが、剣術の師で尚武館道場の主だった佐々木玲圓《ささきれいえん》の養子となる。

おこん　空也の母。下町育ちだが、両替商・今津屋での奉公を経て磐音の妻となる。

睦月《むつき》　空也の妹。

霧子《きりこ》　姥捨の郷で育った元雑賀衆の女忍。夫は尚武館道場の師範代格である重富利次郎《しげとみとしじろう》。

奈緒《なお》　磐音の元許婚。吉原で花魁《おいらん》・白鶴《はつかく》となり、山形の紅花商人に落籍される。死別後、江戸で「最上紅前田屋」を開く。関前で紅花栽培も行う。

小田平助《おだへいすけ》　尚武館道場の客分。槍折れの達人。

中川英次郎《なかがわえいじろう》　尚武館道場の門弟。勘定奉行中川飛驒守忠英《ただてる》の次男。

品川柳次郎《しながわりゅうじろう》　尚武館道場に出入りする磐音の友人。母は幾代。

竹村武左衛門《たけむらぶざえもん》　尚武館道場に出入りする磐音の友人。陸奥《むつ》磐城平《いわきたいら》藩下屋敷の門番。

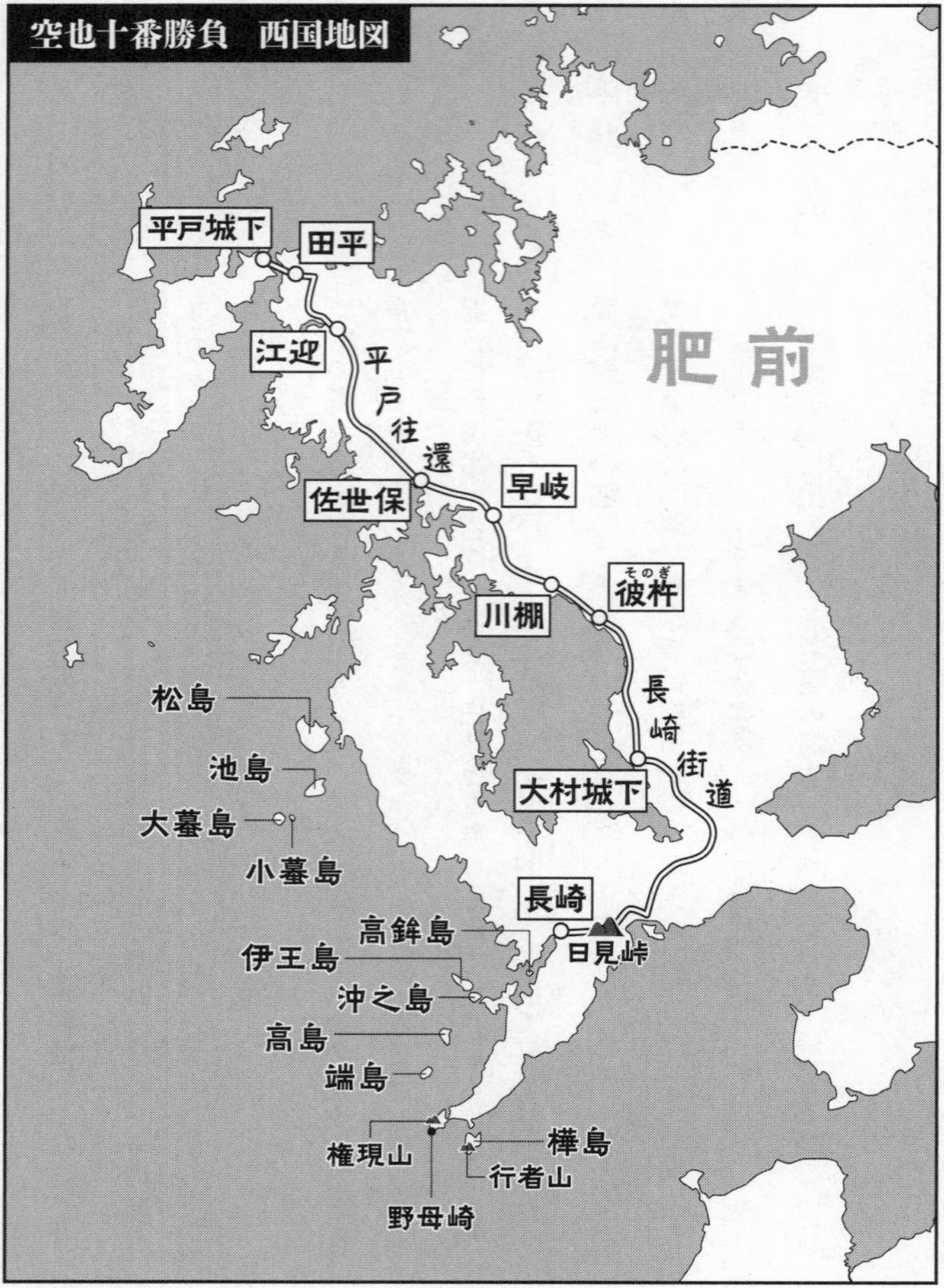
空也十番勝負　西国地図
平戸城下
田平
江迎
平戸往還
佐世保
早岐
川棚
彼杵《そのぎ》
長崎街道
大村城下
肥前
松島
池島
大蟇島
小蟇島
長崎
日見峠
高鉾島
伊王島
沖之島
高島
端島
権現山
野母崎
樺島
行者山

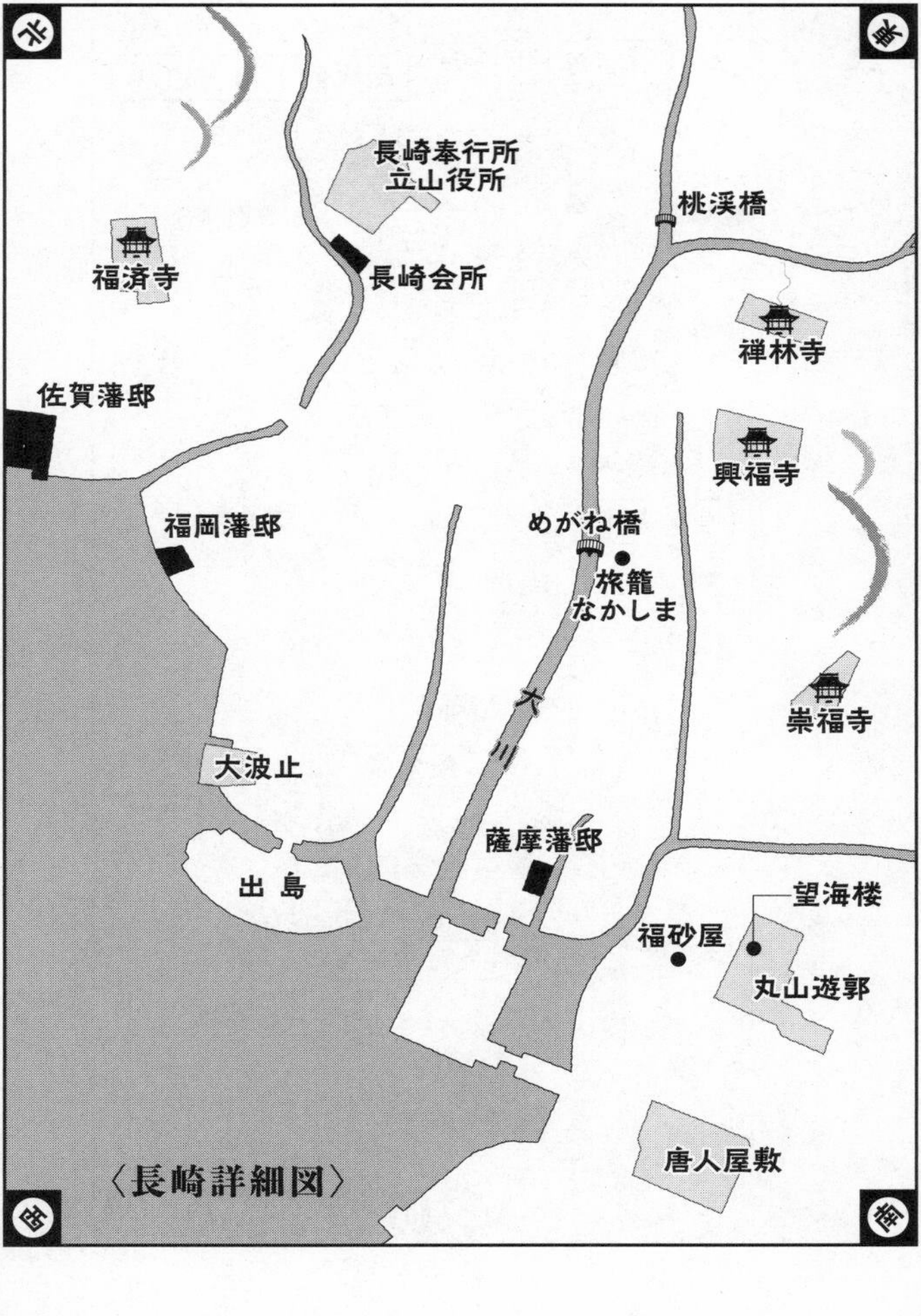
〈長崎詳細図〉
北
東
西
南
長崎奉行所
立山役所
長崎会所
福済寺
桃渓橋
禅林寺
佐賀藩邸
興福寺
福岡藩邸
めがね橋
旅籠
なかしま
大川
崇福寺
大波止
薩摩藩邸
出島
望海楼
福砂屋
丸山遊郭
唐人屋敷

東叡山
寛永寺
新吉原
山谷堀
尚武館小梅村道場
向島
竹屋ノ渡し
忍ケ岡
上野
下谷車坂町
浅草
待乳山
聖天社
今戸橋
三囲稲荷
不忍池
浅草寺
花川戸町
田原町
常泉寺
小梅村
下谷広小路
新寺町通り
新堀川
浅草広小路
源森川
安藤家
下屋敷
吾妻橋
湯島天神
業平橋
御厩河岸ノ渡し
品川家
首尾の松
北割下水
十間川
吉岡町
本所
今津屋
法恩寺橋
和泉橋
天神橋
新シ橋
石原橋
筋違橋御門
柳原土手
浅草御門
両国橋
南割下水
入江町
横川
回向院
松井橋
竪川
小伝馬町
薬研堀
鰻処宮戸川
一石橋
浮世小路
大川
六間堀
魚河岸
猿子橋
新高橋
鎧河岸
新大橋
小名木川
日本橋
呉服町
万年橋
日本橋川
霊巌寺
鎧ノ渡し
深川
砂村新田
永久橋
金兵衛長屋
楓川
亀島橋
霊岸島
佐賀町
八丁堀
仙台堀
永代橋
永代寺
鉄砲洲
富岡八幡宮
越中島
佃島
堺橋
空也十番勝負　江戸地図

護国寺
中山道
日光御成街道
小石川
伝通院
本郷
下谷茅町
石切橋
牛込
豊後関前藩上屋敷
水道橋
神田明神
神田川
牛込御門
稲荷小路
表猿楽町
尚武館道場
駿河台
昌平橋
田安御門
市谷八幡宮
神保小路
九段坂
俎橋
雉子橋
市谷御門
一橋御門
千鳥ヶ淵
鎌倉河岸
善国寺谷通
麹町
四谷
江戸城
本丸
神田橋
四谷御門
大手御門
半蔵御門
西の丸
道灌堀
紀尾井坂
平川天満宮
和田倉御門
赤坂御門
馬場先御門
鍛冶橋御門
南町奉行所
京橋
数寄屋橋御門
清水谷
溜池
三原橋
木挽橋
幸橋御門
氷川明神
薬丸道場
原宿
愛宕権現
芝口橋
木挽町

本書は『空也十番勝負 青春篇 未だ行ならず（上）』（二〇一八年十二月双葉文庫刊）に著者が加筆修正した「決定版」です。

編集協力　澤島優子
地図制作　木村弥世

未だ行ならず（上）

空也十番勝負（五）決定版

第一章　改　名

一

寛政《かんせい》十年（一七九八）二月下旬、平戸《ひらど》を発《た》った坂崎空也《さかざきくうや》は大村湾《おおむらわん》沿いの彼杵《そのぎ》にて長崎《ながさき》街道に出た。

長崎街道は、豊前小倉《ぶぜんこくら》を起点に、黒崎《くろさき》、木屋瀬《こやのせ》、内野《うちの》など筑前六宿《ちくぜんむしゅく》を経て、肥《ひ》前田代《ぜんたしろ》、佐賀《さが》、塚崎《つかざき》、嬉野《うれしの》、さらに大村、永昌《えいしょう》を通過して長崎に至る二十五宿、五十七里の九国《くこく》北部をほぼ東西に結ぶ重要な街道であった。それはまた薩摩《さつま》藩島《しま》津《づ》家、佐賀藩鍋島《なべしま》家など西国大名の参勤交代《さんきんこうたい》路であり、長崎奉行が江戸から赴任する際に使う街道でもあった。

この街道が整備されたのは慶長《けいちょう》年間（一五九六～一六一五）で、関《せき》ヶ原《はら》の戦いで勝ちを得た徳川家康《とくがわいえやす》が江戸幕府を開くと、すぐに五街道の整備に手をつけ、長崎街道はその支街道である脇往還《わきおうかん》とされた。

江戸に参府する阿蘭陀商館長《カピタン》一行が使用する街道であり、異国から到来した砂糖、白糸、ビロード、香料、びいどろなどが運ばれ、時にらくだや象などの珍獣もこの長崎街道を通って江戸へと向かったのだ。

空也は、彼杵で長崎街道に出たが、重要な街道であることを格別に意識したわけではない。平戸の瀬戸を渡った田平《たびら》から海沿いを道なりに、静かな内海を横目に長崎へと向かった。

そのとき、この街道の旅人の往来がこれまでの田平からの道より多いことを感じ取った。往来する人々の形《なり》などに、これまで巡ってきた五島《ごとう》列島とは違う、異国の、それも先進国の香りがそこはかとなく漂っていた。

空也の行く手に大村藩の玖島城《くしまじょう》が見えてきた。だが、空也にとっては初めての土地であり、なんの知識もない。そのために歴史を感じさせる大村城下を、長崎の町と勘違いして入っていった。

空也の勘違いはむべなるかなだ。

元亀《げんき》二年（一五七一）の長崎開港は、戦国大名大村純忠《おおむらすみただ》が、

「領内にてキリスト教の布教をしたく宣教師を派遣されたい」

として、葡萄牙《ポルトガル》との交流で始まった。その背景には交易独占を狙《ねら》った純忠の企てがあった。九年後の天正《てんしょう》八年（一五八〇）に純忠は、長崎と峠を越えた側の茂《も》木《ぎ》の地をイエズス会に寄進した。

島原《しまばら》半島一帯を領有した有馬《ありま》家に生まれた純忠は大村家の養子になった。だが大村家は家中の政治基盤が弱いゆえに財力も乏しく、軍事力の備えも近隣の大名諸家に比べて後《おく》れをとっていた。そこで純忠はキリスト教に改宗することで海外交易に活路を見出そうとしたのだ。

永禄《えいろく》六年（一五六三）に家臣らとともに洗礼を受け、日本で初めてのキリシタン大名になった人物でもあった。ために純忠は葡萄牙との交渉権を得て、大村領内は急速な発展を遂げた。

空也が訪れた寛政十年の藩主は、大村藩九代大村信濃守純鎮《しなののかみすみやす》であった。だが、二百年余前の大村藩の栄華はキリシタン禁令により消え失せ、島原半島一帯を領有した戦国大名も朱印高二万七千九百七十三石の外様《とざま》小名にすっかり落ちぶれていた。

だが、島巡りをしてきた空也にとって、長崎街道も大村の内海に接して築かれた玖島城も、美しい町並みと併せて、どことなく異国情緒に満ちているように思えた。空也が、栄華の名残りをわずかに漂わせる大村城下を「長崎」と勘違いしたのも致し方ないことだった。

空也は堀端に佇《たたず》んで城を見ていた。

「あんしゃん、どこから来なさったとな」

とふいに声がかかり、振り向くと小柄な老人が空也を見上げていた。大店《おおだな》の隠居と思《おぼ》しき形で、手に数珠《じゅず》を持っていた。墓参りにでも行った帰りか。

「平戸から参りました。この城下は長崎でございますか」

「こん大村が長崎ち言いなるな。長崎はくさ、あんたさんの足でもあと一日はかかろうたい」

無知な若者に老人が教えた。

「長崎ではないのですか」

空也の応対はのんびりとしたものだ。

「ここは大村城下たい。なんばしに長崎に行かれるとやろか」

「武者修行の途次にございます」

老人がしばし間を置いた。

「魂消《たまげ》たばい、こんご時世に武者修行ち言いなったな。珍しかね」

「どこへ参ってもそう言われます」

「そうやろね。で、長崎に剣術修行な」

「このところ島巡りばかりしておりました。長崎には異人や唐人《とうじん》、それに長崎警護のために福岡《ふくおか》藩と佐賀藩の藩士がおられると聞き、なんとなく足を向けました」

「こん大村藩の家臣も長崎警護についとるとよ。まあ、あんしゃんは、格別長崎に急ぐ旅ではなかごたる」

「一日二日を急ぐ旅ではございません。この大村藩にも剣術道場はございますか」

「なかことはなか。あんしゃん、道場破りを考えとると」

空也は年寄りの問いに苦笑いしながら、

「いえ。いずこの地でも町道場や藩道場を訪ねて、ご指導を仰ぐのが目的です」

老人はしばし考えていたが、

「ただ今の殿様はたい、七、八年前の寛政二年やったかね、城中の桜田《さくらだ》屋敷に藩校を新しく建てられたと。治振軒《じしんけん》と名付けられた武術の演武場があるたい。ばってん、ふらっと大村に立ち寄ったあんしゃんでは稽古《けいこ》はできめい」

「藩の演武場にいきなり押しかけても無理でございましょう。それがしが申しておるのは町道場です」

「あんしゃんが気に入るかどうか知らんばってん、こん近くに町道場はなかこともなか。十九《とく》清右ヱ《せいえ》門《もん》先生が教えておると。門弟は十人おるかどうか、そげんとこたい」

「ご老人、流儀をご承知ですか」

「さあ、剣術は剣術やろうもん」

老人の返答は明快だった。

空也は、

「剣術は剣術か」

となんとなく悟った気分にさせられた。

「せっかく大村城下に足を踏み入れたのです。ご指導を仰いでみとうございます。できましょうか」

「ならばたい、わっつが連れていこ」

と老人が案内に立った。

「あんしゃんは、背が高かね」

「はい、どこへ行ってもそう言われます。名よりも、高すっぽと呼ばれることが多いです」

「高すっぽね、分かりやすかね」

「ご隠居は大村のお方ですか」

「代々櫨《はぜ》の販売を藩の櫨役所から任されとると。わっつは十年前に倅《せがれ》に代を譲ってたい、隠居たい」

「櫨をどうするのですか」

空也には櫨の木さえ思い浮かばない。

「櫨から木蠟《もくろう》を採って蠟燭《ろうそく》にするとたい。それにくさ、樹皮は染料になるとよ」

空也は初めて櫨の使い道を教えられた。

「あんしゃん、どこの生まれね」

「生まれは高野山《こうやさん》中ですが、物心ついた頃、両親の住まいであった江戸へ戻りました。ゆえに江戸育ちです」

空也は簡潔に自分の出自を語った。

「江戸育ちたいね、櫨を知らんでん不思議はなか。うちは生蠟《きろう》をあつこうとると」

隠居とそのような会話を続けながら歩いていくと、長年手入れがなされていない長屋門の中から怒鳴り声が表まで響いてきた。

「どげんしたとやろか。いつもはこげん騒がしか道場じゃなかがね」

隠居が首を傾《かし》げた。

空也はその険しい雰囲気に、道場でなにが起こっているのか察した。

「ご隠居、道場破りのようです」

「おや、道場破りね。あんしゃんの仲間やあるめえな」

隠居が空也に質《ただ》した。

「武者修行のそれがしに仲間などおりません」

「十九道場に道場破りしに来ても、ならんたい。貧乏ば絵に描いたごたる道場たい」

空也は苦笑いした。どこへ行ってもおよそ懐《ふところ》が豊かな道場に行き当たったことがないと思ったからだ。

傾きかけた長屋門をくぐり、道場を覗《のぞ》き込んだ。
四、五十畳ほどの板敷き道場に三人の武芸者が仁王立ちになり、道場を睥睨《へいげい》していた。ふたりの大男は土足で、若い小柄な武芸者だけがきちんとした身形《みなり》で、素足だった。

門弟たちは板壁を背に座し、稽古着姿の初老の男が道場主の十九清右ヱ門か。のんびりと応対していた。

「見てのとおりの貧乏道場でござる。うちは金子《きんす》など一切ござらぬ。どうか他の道場を当たられよ」

格別、道場破りに怯《おび》えた様子はない。

「あのお方が十九先生にございますか」

空也が隠居に尋ねた。

「高すっぽどん、あんなんが十九先生たい」

そう応じた隠居が、

「十九先生、道場破りが訪ねてきたとな」

と庭先から声をかけた。

「おお、櫨屋の隠居どんか。うちにくさ、道場破りが来たとよ」

道場主の十九は嬉《うれ》しそうな顔をした。

「珍しかね」

「珍しかもなんも、何十年ぶりやろか」

十九が平然と答え、空也に眼を向けた。

「十九先生、わっつが珍しかちゅうたんはくさ、この高すっぽどんが先生の道場で稽古ばしたいちゅうけん、連れてきたと」

「まさか、道場破りじゃなかろうね」

「高すっぽどんは武者修行の身たい。道場破りじゃなかと」

櫨屋の隠居が言った。

「ならばたい、ちょうどよか。そん高すっぽどんがくさ、武者修行のついでにこん道場破りどんらと立ち合《お》うてみたらどげんな」

十九が思いがけないことを言い出した。

空也はいささか驚いた。

悠然とした態度で、初めて訪れた人間に道場破り三人との立ち合いを頼もうという、その言動にだ。そして、その表情にはまったく切迫感がなかった。門弟衆もどことなく、師匠と同様にこの状況を楽しんでいるようだった。

「高すっぽどん、どげんするね。十九先生はあげなことば言うとるたい」

「それがしに道場破りと立ち合えよと言われますか」

「そげんこつたい」

「十九先生に教えを乞《こ》いに参ったのですが」

空也もまた困ったふうもなく長閑《のどか》に応じていた。

「すまんばってん、道場破りどんと立ち合うてくれんね。こんところわっつの腰の具合がようなかもん。こん人たちの応対は十分にできんたい」

十九は、どことなく空也の技量と人柄を見抜いたようで、そう願った。

「十九先生、お願いがございます。この方々と立ち合います代わりに、それがしに稽古をつけてくださいませぬか」

空也もまた十九が尋常な剣術家ではないことを察していた。

「こげん道場で稽古したいち言いなるな。よかよか、あとで考えようたい」

十九があっさりと答えた。

「有難うございます」

一礼した空也は玄関で草鞋《わらじ》を脱ぎ、袴《はかま》の裾《すそ》を払って式台に上がると、備前長船《びぜんおさふね》派修理亮盛光《しゅりのすけもりみつ》と脇差《わきざし》を腰から抜いた。道中嚢《どうちゅうのう》を肩から外し、ついでに道中羽織を脱いで丁寧《ていねい》に畳み、愛用の木刀と持ち物を抱えて道場に入った。そこで座した空也は、神棚に向かって拝礼した。

そんな様子を道場破りの三人が黙然と凝視していた。

「おい、若造、なんの真似《まね》だ」

三人は東国辺りから流れてきた道場破りのようで、大男の武芸者が空也に質した。

「お聞きのとおりです。お相手を務めさせてください」

「若造、われらを舐《な》めておるのか」

「いえ、そういう心算《つもり》はございません。十九清右ヱ門先生の申し出をお受けしただけです」

「おんし、路銀を持っていような」

三人組のひとり、最前から怒鳴り声をあげる大兵《だいひょう》とは違う、ふたり目の顎鬚《あごひげ》侍《ざむらい》が空也に質した。

「路銀ですか。懐には二朱《にしゅ》もございません。長崎までの大事な路銀ゆえ、そなた様方にお渡しするわけには参りません」

しばし三人組が顔を見合わせた。ふたりの大男はどうしたものかと目顔で相談する様子があり、最後の三人目の小柄な武芸者はどことなく他人事《ひとごと》のようで、それでいて、成り行きに関心を抱いている表情だった。

空也はこの小柄な武芸者の腕が三人の中で一番上かと思った。その小柄な剣術家が、

「露崎《つゆざき》どの、かような道場で汗をかいても稼ぎになりませんぞ。長崎に急ごうではありませんか」

と頭分《かしら》の大男に呼びかけた。

「最前から鵺《ぬえ》の如《ごと》き問答をなして、われらを愚弄《ぐろう》しておるわ。篠山小太郎《しのやまこたろう》、かような貧乏道場はな、意外に隠し金をもっておるものよ。十両や二十両はあると見た」

と大兵の露崎某《なにがし》が言った。

「ふっわっはっは」

十九が笑い出し、

「うちに二十両もの金子があると言いなるな。大村藩の懐具合を知らんね。城下では貧乏鶏《にわとり》と閑古鳥《かんこどり》が鳴き暮らしとるとよ。それよりおんしら、櫨屋の隠居が連れてきた高すっぽと立ち合うていくとね、いかんとね」

と嗾《けしか》けた。

「若造、怪我《けが》をしても知らぬぞ」

三人組の頭分、露崎某が空也に言った。

「分かりました」

空也は持ち物を道場の隅に置いた。

「待て」

顎鬚が声をかけた。

「そのほう、その刀をどうした」

将軍徳川家斉《いえなり》から拝領した一剣に目をつけたようだ。

「さるお方から頂戴《ちょうだい》したものです」

「だれの作か承知か」

「備前長船派の鍛冶《かじ》が鍛えたものと聞いております」

「よし、そのほうとの勝負、その刀を賭けよ」

と言い放った。

「それは困ります。大切な刀ですから」

空也は、平然としてかたわらに立つ櫨屋の隠居に眼で持ち物を預かってくれと願った。

「高すっぽどん、承知したたい」

隠居が受けた。

「よし、篠山小太郎、そなたが一番手じゃ、そなたの小太刀《こだち》流でこやつを仕留めよ」

露崎某が小柄な武芸者篠山小太郎に命《めい》じた。

「露崎どの、それがし、遠慮させていただきます」

篠山はあっさりと拒絶した。

道場の門弟衆は、道場破りの三人が仲間内で揉《も》めているのを興味深く観察していた。道場主の十九清右ヱ門など、貧弱な造りの見所《けんぞ》に腰を下ろして傍観者のように見ている。

「なに、背高《せいたか》のっぽに怯えたか」

「いえ、結果は分かっておりますゆえ、無益と思うたのです」

「そのほうを佐賀城下で拾い、銭がないというのでこれまであれこれと飲み食いさせてきたではないか。それもこれも、かような折りに腕を振るうのがそのほうの務めぞ。ともかく一宿一飯の恩義はあろう。篠山、やれ」

と命じた。

「露崎どの、いささか世話になったのはたしかですが、その借りは長崎に参り、仕事を探してお返しします。どうです、このままこちらを引き上げて長崎に急ぎませぬか」

篠山小太郎も平然とした口調で反論した。

「おのれ、そなたの始末はあとでつける」

と怒りの声で言った露崎が、

「清水志学《しみずしがく》、おてまえが先鋒《せんぽう》を務めよ」

と顎鬚侍に命じた。

「武者修行などと格好つけおる若造など、わしひとりで十分じゃ。それよりこの若造を倒したら、こやつの刀はわしが頂戴いたす。露崎どの、それでよいな」

「かまわん」

「承知した」

命を受けた清水志学が空也を見た。

二

空也はすでに仕度を終えていた。手には愛用の木刀があるだけだ。

「木刀勝負か。当たりどころが悪ければ死ぬことになる。よいか、若造」

「覚悟の前です」

「よう言うた」

道場破りで身過《みす》ぎ世過《よす》ぎを立ててきたか、感心することに清水志学は木刀を持参していた。

「ご両人、それがしが審判を務めようか」

見所に腰を下ろした十九清右ヱ門がふたりに尋ねた。

いつの間にか櫨屋の隠居も十九の隣に腰をかけていた。

空也は会釈《えしやく》をしたが、清水志学は、

「空鈍《くうとん》流清水志学、審判がいる勝負をなしたことはなし」

要《い》らぬと拒んだ。

空也には空鈍流の知識はまったくない。櫨屋の隠居が喝破したように「剣術は剣術やろうもん」なのだ。相手の流派が何であろうと、無心に木刀を交えるだけだ、と思った。

ふたりは木刀を手に対峙《たいじ》した。

「若造、そのほうの流儀は」

「あちらこちらで教えを乞いましたゆえに、未だ確たる流儀を名乗るほどの者ではございません」

空也は長崎に向かうにあたり、姓名や出自はできるだけ隠したほうがよいと思っていた。むろん薩摩の御家《おいえ》流儀東郷《とうごう》示現《じげん》流の高弟酒匂《さこう》一派の追っ手を躱《かわ》し、無益な戦いを避けるためだ。

「なんと、その程度の腕前で、空鈍流清水志学と立ち合うとは、悲劇じゃな」

言い放った清水が、

「いざ」

と自らに気合いをかけるように発すると、木刀を上段に構えた。

「お願い申します」

空也は正眼《せいがん》に構えをとった。

その瞬間、十九道場の雰囲気が変わった。ピーンと張りつめた緊張が道場を支配した。その気を変えたのは武者修行の若侍だった。

見所に腰を下ろしていた十九清右ヱ門が、

「これは」

と思わず洩《も》らした。

「どげんしたな、十九先生」

「櫨屋の隠居、えらい御仁を連れてきたと」

「十九先生、わっつにはそう思えんたい。あの高すっぽどん、鬚にやられる。えらいことをしてしもた。わっつは、若い衆を見殺しにしたな」

櫨屋の隠居は武者修行の若者の身を案じていた。

篠山小太郎も驚きの眼で高すっぽを見ていた。

「行くぞ、若造」

清水志学が自らを鼓舞して、踏み込みざまに上段の木刀を空也の脳天に叩《たた》き込んだ。上段からのなかなかの打ち込みだが、空也の木刀に弾《はじ》かれて志学の体が横へとよろめいていた。

「なにくそ」

一撃目の失敗に志学がいきり立ち、静かに正眼に構え直した空也に向かって、小手から胴へ素早い連続技を送り込んでいった。

一方、空也はその場を動こうともせず、相手の木刀に合わせて柔らかく弾き返し続けた。

「なにをしておる、清水志学」

露崎が憤怒《ふんぬ》の声を清水に向けて放った。

「よし、見ておれ。本気を出すぞ」

清水が気合いを入れ直して空也に体をぶつけるようにして迫り、木刀を頭に、肩に、胴にと目まぐるしいほど迅速に振るった。

相変わらず空也は泰然自若《たいぜんじじゃく》と清水志学の攻めを弾き返した。

「十九清右ヱ門先生、どぎゃんしたとな。あん高すっぽどん、強かとな。そいとも弱いとじゃろかね」

「櫨屋の隠居、遊んどるたい」

「高すっぽがな」

「おお、高すっぽどんの武者修行が偲《しの》ばれるたい」

「強かとは見えんがね」

「鬚面《ひげづら》め、攻め疲れておると」

見所では十九と隠居が会話を交わしていた。

「おい、篠山小太郎、どうなっとるのじゃ」

と思わず露崎某がかたわらの篠山に尋ねた。

「勝負にもなりませんな。それがしなど、高すっぽを相手にしたら、赤子同然に捻《ひね》りつぶされましょうな」

「あやつめ、騙《だま》しおったか」

露崎某が吐き捨てると、

「清水志学、それがしと代われ」

と大声で命じた。

その声を聞いた途端、空也が木刀を引いた。すると清水がその場にへたり込んだ。

「なにが空鈍流か。この露崎儀丈重武《ぎじょうしげたけ》が目に物見せてくれん。どけ、どかぬか、清水志学」

と仲間を罵《ののし》った露崎儀丈が、

「小僧、どこでその芸を覚えたな」

と問うた。

「芸というほどのものではありません」

「いかにも真《まこと》の技ではないな」

「露崎どのの流儀をお尋ねしてようございますか」

空也は何気なく尋ねた。

「江戸は神保小路《じんぼうこうじ》尚武館《しょうぶかん》道場直伝の直心影流《じきしんかげ》じゃ。師匠は先代の佐々木玲圓《ささきれいえん》であり、当代の坂崎磐音《いわね》である」

と言い放った。

「それはまた」

空也が呆《あき》れたように応じた。まさか肥前の大村城下で父坂崎磐音が主導する直心影流の「門弟」に会おうとは。

「驚いたか」

「はい、驚きました」

と答えた空也の顔が険しさを帯びた。

むろんかような人物が尚武館の門弟であった覚えは空也にはない。まして西の丸徳川家基《いえもと》の死に殉じた養祖父佐々木玲圓や父の名を道場破りに際して口にするなど、許されるべきではない。

「剣術家露崎儀丈どの、そなたが木刀を構えるのは、本日このときが最後にございます」

「なにをぬかすか。死ぬのは若造、そのほうぞ」

露崎儀丈が正眼に構えた。

空也もまた尚武館道場の直心影流仕込みの正眼に木刀を置いた。最前と異なり、若武者の顔に怒りのような表情が見えた。

「これは」

十九清右ヱ門の口から驚きが洩れた。十九にはなぜ櫨屋の隠居が伴った若侍の態度が変わったか、想像できなかった。

「こんどは高すっぽどんがやられるな」

櫨屋の隠居が十九に質した。だが、十九はなにも答えない。

同じ正眼ながら、露崎儀丈のそれには邪念があった。勝ち負けにこだわる者の邪《よこしま》な表情が窺《うかが》えた。

一方、櫨屋の隠居が高すっぽと呼ぶ武者修行の若者の鍛え上げられた五体からは、一瞬浮かんだ怒りの感情も失《う》せて、覚悟した修行者の潔《いさぎよ》さが静かに滲《にじ》み出ていた。

両者は数瞬睨《にら》み合い、先《せん》の先《せん》で露崎儀丈が木刀を引き付けると、一気に勝負の境を越えて踏み込み、空也を強襲した。

その動きを見つつ、空也は、

「後《ご》の先《せん》」

で応じた。

空也は不動のまま、覆いかぶさるように襲いくる露崎儀丈を引き付けるだけ引き付けて、右の肩口に渾身の一撃を送り込んでいた。

「げええっ！」

という絶叫が十九道場に響きわたり、露崎が道場の床に前のめりに倒れ込んで悶絶《もんぜつ》した。

空也はしばしその構えのままに様子を見ていたが、木刀を引いてその場に座し、

「十九清右ヱ門先生、思わず激してしまいました。武者修行の身とは申せ、己の未熟さに恥じ入りました。当道場に迷惑がかかってもなりませぬ。これにて失礼をいたします」

と述べると、驚きを隠せない櫨屋の隠居から大小など持ち物を受け取り、十九道場を辞去した。

道場から、

「ふうっ」

と吐息が重なって響き、訪問者の背を見送った。

二日後の早朝、坂崎空也は長崎街道の最後の難所、日見峠《ひみとうげ》を前にしていた。

『長崎名勝図絵《ずえ》』はこの峠をこう述べる。

〈火見嶺《ひみとうげ》は鎮の東にあり。即《すなわち》佐《さ》嘉《が》高来《たかく》に往《ゆく》の要路なり。東西に七曲《ななまがり》あり。山路岨峻《そしゅん》にして盤《めぐ》り曲《めぐ》ること七曲して、すなわち嶺上に至る。天正の初め深堀《ふかほり》氏茂宅《もたく》、長崎氏と戦い利あらず、却《かえっ》て後《うしろ》より襲わんと欲して兵を網場《あば》村に屯《たむろ》し、火を以《もっ》てこれを刧《おびや》かす。長崎これを察し人を差《つか》わして其虚実を窺い、要路を固め不虞《ふぐ》に備うること甚厳なり。深堀竟《つい》に入ることあたわず。仍《よっ》て名とす。また一名を日見嶺と云《いう》。嶺上に日を見れば則《すなわち》早く、嶺下に日を見れば則遅し。茶店四あり。西家は鎮に属し、東家《とうか》は属せず鎮治の界《さかい》をなす所なり〉

天正の初め、深堀氏が長崎氏と戦って利あらず、その背後をつこうとして夜間、網場に上陸し、さも大軍が攻め寄せたかのように火を焚《た》いてみせた。

長崎方はこの策にのらず、深堀一族の偽装の企ては失敗に終わった。

この戦いのあと、峠を、

「火見」

と呼ぶようになったという。

また峠の由来はもう一つある。長崎地方に、

「八朔日《はっさくひ》拝《おが》み」

という行事が江戸時代にあり、長崎人はこぞって、この峠をはじめ、高いところに登って日の出を拝む。この習わしが最も盛んだったのが、この日見峠であったからだというものだ。

日見峠は幕府直轄領長崎の東を守護する峠である。その高さはおよそ七百九十余尺（約二百四十メートル）であった。ゆえに東からの日の出を、西に長崎の町並みと内海を眺められた。

だが空也の眼には未だ長崎の町並みは遠望できなかった。峠の頂きを前にしていたからだ。

この二日余り、空也はゆっくりとした足取りで長崎を目指していた。大村での騒ぎを気にかけての旅だった。

空也が峠道を頂きに向けて上ろうとしたとき、声がかかった。

振り返ると、三人の道場破りのひとり、篠山小太郎であった。

「おや、お仲間はどうなされました」

空也は尋ねながら、改めて小太郎を観察した。

空也より精々二つ三つ年上だろうか。小柄なせいで実際の歳《とし》よりも若く見えるかもしれないと思った。

「十九道場の門弟衆に手伝ってもらい、露崎どのを城下のお医師のところに運び込みました。その後、それがしはふたり組とは別れて、かように長崎に向かうところです」

小太郎が答え、

「武者修行の身と申されたが、なかなかの技量ですね」

と空也に質した。

「いえ、未熟ゆえ修行を続けております」

「いつ武者修行を始められました」

小太郎は、道場破りの仲間とは思えないほど屈託がなかった。

「十六で始め、足掛け四年になります」

「西国ばかりを修行して歩いておられますか」

「はい」

「名をお聞きしてよろしいか」

空也はしばし考えて、

「行く先々で高すっぽと呼ばれております」

「それがしはあのふたりに小太郎と呼び捨てにされておりました」

「小太郎さんは、道場破りのお仲間には見えませんね」

空也は、露崎儀丈が小太郎のことを佐賀城下で拾ったと言っていたことを思い出した。

「佐賀にて持ち金を失い、路頭に迷っているときにあのふたり組に会い、なんとなく道連れになったのです」

小太郎は、最初から道場破りの一員ではなかったようだ。露崎に先鋒を命じられた小太郎は空也との立ち合いを断わっていた。どうやら小太郎は本来独り旅だったらしい、と空也は気付いた。

「高すっぽどのは、長崎になんぞ用事がございますか」

「このところ島巡りばかりしておりましたゆえ、阿蘭陀《オランダ》商館やら唐人屋敷があるという、繁華《はんか》な幕府直轄地の長崎を訪ねてみようかと思い付いてのことです。ところで、小太郎さんは、なんぞ目的がありますか」

「それがしも異人船が立ち寄るという長崎を見てみたいと思うたのです」

「ならばご一緒しましょうか」

「こちらこそ、そう願います。高すっぽどのと一緒ならば、心強いですからね」

小太郎はあくまで屈託がない。

「ああ、そうだ、高すっぽどのも懐に二朱しかお持ちではないそうですね」

「はい。小太郎さんは一文なしですか」

空也の問いに小太郎がしばし考えた末に、

「実は一分金を二枚、小袖《こそで》の襟《えり》に婆様が縫《ぬ》い込んでくれました。だから、二分は持参しています。もちろん露崎どのらには内緒にしていました」

小太郎が襟元を触って言った。

「それがしより金持ちだ」

七曲がりの峠道を空也は小太郎の歩幅に合わせてゆっくりと上った。

「小太郎さん、そなた、なぜそれがしと立ち合わなかったのですか」

「高すっぽどの、敗け戦《いくさ》はしないことにしております」

「木刀を合わせてみなければ分かりますまい」

「いえ、高すっぽどのの武者修行が並大抵ではなかったと、露崎どのとの打ち合いではっきりしました。それがしの判断が正しかったのです」

「それがし、三人の中で一番腕がたしかなのは小太郎さん、そなたと思うておりました。露崎どのらにはその技量を隠しておられたようですね」

峠道で足を止めた小太郎が空也を見た。

「小太刀を学ばれましたか」

しばし足を止めて空也の顔を見ていた小太郎が再び歩き出し、

「露崎どのが申したのを覚えておられたか。それがし、かように形《なり》が小さいゆえ小太刀、戸田《とだ》流林田《はやしだ》派をお婆様に教わりました。それがしの体付きを見て油断した相手なら小太刀も効きましょうが、高すっぽどののように百戦錬磨の遣い手には効きませんよ」

と例の屈託のない笑みを浮かべた。

「高すっぽどのは、長崎に知り合いがおられますか」

「当てがあるような、ないような。一昨日も大村城下を長崎と間違えて、櫨屋の隠居どのに十九道場に連れていかれたのです。それがしが考えるに十九先生、なかなかの腕前です。それがしなどが加勢をしなくても露崎どののくらい容易《たやす》く退けたでしょう」

「えっ、十九先生はそれほどの技量の持ち主ですか」

「道場破りの一件がなければ、十九道場で修行するのもよかったかな、と思うております」

「となると、われら三人が高すっぽどのの修行の邪魔をしたことになりますね」

と小太郎が答えたとき、日見峠の頂きにふたりは着いていた。

異国の帆船《はんせん》が停泊する長崎の内海を囲むように町並みが広がっていた。

「おお、あれが長崎か」

小太郎が感動の声を上げ、空也は黙然と、長崎の町並みと内海を三方で囲う山を見つめた。異国の香りを漂わす町並みだった。小太郎も同じような感慨を持ったとみえて、風に乗って漂ってくる匂《にお》いをくんくんと嗅《か》ぎ、

「これが異国の香りであろうか」

と呟《つぶや》いた。

空也も初めて感じる香りが出島《でじま》や唐人屋敷、さらには停泊中の異国の帆船から漂う香辛料などの匂いだとは気が付かなかった。いや、それ以上にこの長崎には空也が知らなかったことが待ち受けていた。

三

坂崎空也と小太郎が立った日見峠に、二十五年前の安永《あんえい》二年（一七七三）七月中旬、ふたりの人物が立って長崎の町を見下ろしていた。

空也の父坂崎磐音と蘭方医《らんぽうい》中川淳庵《なかがわじゅんあん》だ。

磐音は、豊後関前《ぶんごせきまえ》藩の悲劇のあと、父親の病の治療費を捻出するために自ら苦《く》界《がい》に身を沈めた許婚《いいなずけ》、小林奈緒《こばやしなお》のあとを追う旅の最中だった。『解体新書《かいたいしんしょ》』の翻訳に携《たずさ》わった中川淳庵は、その翻訳を点検してもらうために阿蘭陀商館の医師を訪ねる道中、磐音と出会ったのだった。

父がどのような想いを抱いてこの峠を越えたかなど知る由《よし》もない空也は、ただ長崎から漂いくる風に吹かれていた。

山に囲まれた内海には、三檣《さんしょう》の帆を持つ阿蘭陀船と思しき帆船や唐船が数隻《せき》停泊していて、その大きな船体と三角旗は春の長崎に彩《いろど》りを添えていた。

「高すっぽどの、長崎に入ったら、道場探しですか」

「長崎に着いてから考えます」

潮風に吹かれて汗がひいたふたりは、峠を長崎に向かって下りだした。

ふたりが長崎街道の終点とされている一《いち》ノ瀬《せ》橋付近に差しかかると往来する旅人の姿が急に増えてきた。

「たった二朱しか金子がないというのに、落ち着いておられますね」

小太郎が空也に尋ねた。

「これまでの修行の旅でもなんとか生き延びてきました。小太郎さんはどうなさるのですか」

空也が反対に質した。これまでの小太郎との会話から、小太郎が道場破りをなすような輩《やから》ではないこと、そして、なにか格別な用事を持っているように思われたからだ。

「異人のいる館を見てみたいのです。あれこれ見た上で、長崎でなにをなすべきか決めようと思います」

小太郎の言葉を信じるならば、小袖の襟に縫い込んだ二分の持ち金しかないのに、鷹揚《おうよう》なものだった。

「高すっぽどの、長崎には長く滞在するお積もりですか」

「懐具合が懐具合です。住み込みを許してくれる道場などあればよいのですが」

こちらもまた切迫感がなかった。

「それなら高すっぽどの、助け合いませんか。良い話があればお互いに伝える。そのために何日かおきに、長崎のどこぞで落ち合うようにしませんか」

小太郎が提案した。

「小太郎さん、それがしは長崎のどこになにがあるかも知りません。小太郎さんは承知ですか」

「船着場に紅毛人《こうもうじん》の居留地《きよりゅうち》の出島《でじま》があるそうです。そこには阿蘭陀の国旗がはためいていると聞きました。むろんわれらは出島の中に入ることはできますまいが、門前にいる分にはよいでしょう。出島の前で明日の八つ半（午後三時）頃に落ち合いませんか。お互いなにか用事があるときは、四半刻《しはんとき》（三十分）ほど待って、次の日にまたそこに来るというのはどうです」

小太郎は長崎のことを勉強してきたのか、空也よりは詳しいようだった。

長崎の内海へと流れ込む大きな川沿いに歩いていくと、ふたりが峠で嗅いだ異国の香りが潮の香りに混じって濃く漂ってきて、いつしか阿蘭陀商館のある出島の橋前に辿《たど》り着いていた。

両人が橋前から出島を眺めると、見張所の奥に色彩豊かな建物が並び、その前を異人や羽根色の鮮やかな大きな鳥が歩いていた。

「高すっぽどの、これぞ長崎ですぞ」

小太郎の声に昂奮があった。

空也にしても、初めて異国を訪れたような気持ちに襲われていた。そして、この地でなにかが起こりそうな予感を覚えた。

よいことか悪《あ》しきことか。

「高すっぽどの、では明日の八つ半にこの場所で会いましょう」

小太郎が上気した顔で空也に別れを告げた。

小太郎はなにか目的があって長崎に来たのではないかと、空也は改めて思った。

小太郎が立ち去ったあと、空也は小太郎のことをほとんどなにも知らないことに気付いた。もっとも空也とて小太郎に名乗ってさえもいなかった。

長崎には薩摩藩屋敷があると聞いていた。ならばできるだけ用心するに越したことはない、と空也は改めて覚悟を決めた。

（はてどうするか）

空也は出島に出入りする人々を眺めながら、しばし佇んでいた。

腹が減っていることに気付いた。だが、実際の持ち金は二朱どころか、すでに一朱とわずかな銭に変じていた。そうそう軽々にめし代に使うわけにはいかなかった。

長崎の住人で知る人がふたりいることを空也は思い出していた。両人とも島巡りで出会った人物だ。

ひとりは長崎会所《かいしょ》の女密偵高木麻衣《たかぎまい》だ。そして、もうひとりは対馬《つしま》で出会い、こちらは長崎奉行所の密偵と思える鵜飼寅吉《うかいとらきち》だった。

(どちらかに先に会ってみるか)

空也はしばし考えた末に通りがかりの男衆《おとこし》に、

「長崎会所はどこでしょうか」

と尋ねていた。

「あんしゃん、長崎は初めてな」

「はい、最前日見峠を下ってきました」

ふーん、と応じた相手は、空也が会ったこともない雰囲気の人物だった。着ている衣服や持ち物が異国の品のような町人だった。空也は知らなかったが、壮年の男が着ているのは紅唐桟《べにとうざん》と呼ばれる舶来《はくらい》の木綿《もめん》の縞《しま》織物だった。

「長崎会所はくさ、ここから北東に十丁ばかり行ったところたい。長崎奉行所の立山役所《たてやまやくしょ》の隣にあるとよ」

出島を背にして、空也は男衆が指差す先を眺めた。

「有難うございました」

礼を述べた空也が教えてもらった方角へ歩きだすと、

「待ちない」

と男衆が引き止めた。

「あんしゃん、長崎会所に知り合いがおると」

紅唐桟の町人が空也に尋ねた。

空也が高木麻衣の名を出したものかどうか迷っていると、

「わっつは、会所の吟味役《ぎんみやく》の立花磯吉《たちばないそきち》ちゅうもんたい」

と名乗った。

吟味役という役職がどのようなものか知らなかったが、衣服から察してそれなりの人物と思えた。

「それがしが知るお方は高木麻衣どのです。島巡りで偶然に会《お》うたお人です。長崎を訪れたときは会所を訪ねなさいと言うてくれましたが、麻衣さんが実際に長崎会所におられるかどうか存じません」

空也は正直に答えた。

「なに、あんしゃん、あん女衆《おんなし》の本名ば知っとると。珍しかね」

と首を傾げて応じた立花磯吉が、

「よか、わっつが連れていこうたい」

と案内に立った。

ふたりは長崎の内海沿いをいったん北上し、大名家の藩邸のような大きな屋敷が立ち並ぶ通りを過ぎたあたりで東に折れた。

「それがしは麻衣どのに高すっぽと呼ばれておりました」

空也が名乗ると、立花磯吉の視線が頭のてっぺんから足先を往復した。

「高すっぽね、あんしゃんは異人さんと変わらんくらい背丈があるもんね。なにしに島巡りをしとったな」

「武者修行です」

「はあ、こんご時世に剣術修行ばしとるち、言いなると。だいぶ変わったあんしゃんたいね。そりゃ、麻衣さんと気が合うたろうね」

「長崎では武者修行する者などおりませんか」

「あんしゃん、時世は大砲、鉄砲の時代たい。この長崎でくさ、刀ば振り回す者は福岡藩士や佐賀藩士しかおるまい」

立花磯吉は正直な感想を述べた。

「長崎にわざわざあん女衆ば目当てに訪ねてきなさったとな」

「いえ、麻衣どののことを思い出したのは、つい先ほどです。これからどうしたものかと考えていたときに、ふと思い出したのです。なにしろ懐が寂しいものですから、住み込みを許してくれる剣道場など麻衣どのが知らぬかと、勝手なことを思いついたのです」

吟味役の立花磯吉が高笑いを始めた。

「あんしゃん、正直ごたる。懐が寂しかち言いなったが、いくら持っとると」

「一朱です」

「そん銭で長崎に来なさったとな。こん町の乞食《ほいと》でん、もう少し持っとろうたい。呆れたな。それで武者修行を何年続けてきたな」

「十六の歳から足掛け四年です」

立花磯吉が改めて空也をしげしげと見た。

「嘘《うそ》は言うとらんごたる。今時武者修行の若衆が高木麻衣さんば訪ねてきたとなると、こん界隈《かいわい》で評判になろうたい」

「立花どの、それがしは麻衣どのに堺筒《さかいづつ》を突き付けられて、震え上がっただけの関わりです」

「それであん女衆が長崎に誘ったな」

「誘ったのかどうか、今となってはよく分かりません。それがしのことなど忘れているかもしれません」

と空也が答えたとき、

「高すっぽどん、こいが長崎奉行所立山役所たい」

と立花が空也に教えてくれた。

ちょうど立山役所から異人一行が姿を見せ、役人たちが警護しているのが見えた。異人の何人かは剣を腰に吊《つ》るしていた。

「異人を見るのは初めてな」

「いえ、最前出島の橋の前から覗きましたから初めてではありません」

空也は野崎島《のざきじま》で戦ったマイヤー・ラインハルトのことは立花に告げなかった。

立山役所の向かいにある、石垣の上に漆喰塀《しっくいべい》を巡らせた門前に、立花は空也を連れていった。こちらからも、どこかの大名家のものと思える乗り物が会所の中から出てきた。陸尺《ろくしゃく》が四、五人ついた立派な乗り物で、従者が乗り物の前後に従っていた。

「脇坂《わきさか》様、町年寄《まちどしより》と会われましたと」

「おお、話ができたそうじゃ」

立花は従者と顔見知りか、短く言葉を交わした。

江戸での十万石以上の大名家上屋敷の格式と規模を持った佇まいの長崎会所を、空也はしげしげと見た。

「なかなか立派なお屋敷にございますね」

「高すっぽどん、長崎会所にはくさ、町年寄、目付《めつけ》を筆頭に二千人からの地役人《じやくにん》が勤めちょってな、長崎の政《まつりごと》やら異国との交易に携わっておると。まあ、下手な大名家より財力はあるとよ」

立花は誇らしげに言って門番に会釈をすると、空也を長崎会所の中に連れ込んだ。式台が設けられた立派な玄関が見えた。最前の乗り物の主を見送りに出ていたと思える地役人に、

「高木麻衣さんはおるな」

「最前姿を見かけましたと。奥におられると思いますばい」

「ならばたい、わっつが呼んどると言うてくれんね」

立花磯吉が命じた。

空也は異国の置物などが置かれた玄関を見て、立花が自慢した「下手な大名家より財力はある」と言った言葉が真実であることを悟った。

「あんしゃん、最前島巡りをしていたち、言いなったな。どこば回ったと」

「福江島《ふくえじま》から始まり、中通島《なかどおりじま》の奈良尾《ならお》で麻衣どのと出会うたのです」

「島に武者修行な」

立花磯吉は空也の言葉を信じていいかどうか迷っている表情をしていた。

「あら、本当に来たのね、長崎に。久しぶりね、さか……」

坂崎と言いかけてやめた高木麻衣が、

「高すっぽさん」

と呼び変えた。

「あれからどこをうろついていたの」

「対馬から壱岐島《いきのしま》、そして最後は平戸を訪ねておりました」

「平戸から船で長崎に来たの」

「さような費《つい》え、武者修行中のそれがしにはもってのほかです。海沿いの道を大村城下に立ち寄り、本日、日見峠を越えて長崎入りしたところです」

「麻衣さんよ、あんたはこの高すっぽどんに堺筒を突き付けたとな」

「吟味役にそんなことを話したの」

麻衣が空也を見た。

「麻衣どのとの関わりを尋ねられたものですから」

「まあ、致し方ないわね。で、長崎にはしばらくいる心算かしら」

と麻衣が空也に尋ねると、

「こんあんしゃん、懐に一朱持って、日見峠を下ってきたげな」

「ふっふっふ」

と麻衣が笑った。

「相変わらず剣術三昧《ざんまい》の暮らしのようね。そうだ、吟味役、この高すっぽを町年寄に紹介するわ。立ち会ってくれんね」

麻衣が立花に話しかけた。

「なんな、武者修行の高すっぽば町年寄に会わせるち、言いなるな」

吟味役の立花磯吉が驚きの顔をした。

「吟味役、話を聞けば分かるわ」

長崎会所二千人の上席が町年寄と呼ばれる長崎の名家だ。その町年寄の中からふたりが会所調役《しらべやく》と呼ばれる最上席を兼務した。天明《てんめい》五年（一七八五）以来、長崎会所地役人を司《つかさど》ってきたのが会所調役だ。

むろん空也は知る由もない。

高木麻衣が空也を連れていったのは、この町年寄にして会所調役高木籐左衛門《たかぎとうざえもん》の御用部屋であった。

「急用な、麻衣」

初老の老人が、訪《おとな》いの許しも得ず座敷に姿を見せた高木麻衣に質した。

御用部屋は広い座敷に段通《だんつう》が敷き延べられ、その上に煌《きら》びやかに装飾された楕円形の卓が置かれていた。それを囲むように並べられた椅子《いす》の一つに老人は腰を下ろしていた。座敷の豪奢《ごうしゃ》な造りや調度品が会所調役の威勢と威厳を示していた。

「吟味役、あんたの用な」

「調役、わっつも事情は知りませんと。この若侍と出島の橋の前で会うたとです。長崎会所の高木麻衣さんの名を出すもんですたい、会所まで連れてきたら、調役の御用部屋に連れてこられたとです」

立花は困惑の体《てい》で会所調役に答えた。

会所調役の老人が空也に初めて視線を向けてしげしげと見ていたが、不意に思い付いたように、

「麻衣、こん若い衆が野崎島で辻斬《つじぎ》りの異人を始末したとな」

と尋ねた。

どうやら麻衣は、長崎会所最上席の調役の高木籐左衛門には、野崎島の出来事を詳しく報告しているようだった。また会所調役の高木籐左衛門と麻衣の姓が同じということは縁戚ではないかとも思われた。

「調役、こん高すっぽどんがあん辻斬り神父のラインハルトを斃《たお》したとですか」

立花が驚きの表情で高木会所調役に問い返した。

「そういうことよ、吟味役」

高木麻衣がかいつまんで野崎島での戦いの模様を語った。

立花磯吉は話を聞いて空也を改めて見た。

「わっつは武者修行と聞いて、今時の若い衆がかっこばつけとるかと思うとったと。こん若い衆、そげん強かとな」

立花が麻衣に質した。

「吟味役、高すっぽさんの出自を聞けば得心《とくしん》するわ」

「なに、出自に曰《いわ》くがあるとな」

立花の問いには答えず、高木麻衣が空也に、

「高すっぽさん、この長崎に来た以上、郷《ごう》に入《い》っては郷に従えよ。いい、長崎会所のためにもあなたのためにも、無益な争いは避けたいの。だから、会所調役と吟味役、このお二方には真《まこと》のことを承知していてほしい。そのうえであなたが望むことを会所は手伝うわ。いいかしら」

と念押しした。

「麻衣どの、それがしの長崎滞在がこちらに迷惑をかけましょうか」

「それはどうか分からない。だけど、この折りに会所調役と吟味役に真実を承知してもらったほうが、あなたにとっても必ずよいと思うの」

しばし考えた空也が麻衣に頷《うなず》いた。

野崎島で別れるとき、麻衣は坂崎空也の名を承知していた。その後、長崎に戻って空也のことを調べたのであろう。そのうえでの話だ、と空也は思った。

「麻衣どのにお任せします」

「長崎会所は坂崎空也様、あなたに借りがあるの。悪いようには決してしないから」

と言い切り、空也が頷いた。

しばし間を置いて麻衣が話し始めた。

「豊後関前藩家臣の家系、坂崎空也様の父御《ちちご》の坂崎磐音様は、先年身罷《みまか》られた西の丸徳川家基様の剣術指南にして、ただ今江戸の城近くの神保小路で幕府の官営道場というべき直心影流尚武館道場の道場主でございますと」

「なんち言いなるな。懐に一朱ばっかりの銭で長崎入りしたこん高すっぽどんの親父どんは、そげんお方な」

立花が驚愕《きょうがく》の声を発した。だが、会所調役の高木籐左衛門は一言も発せずに空也を凝視していた。

「ご一統様、父は父、それがしはそれがしにございます」

空也の言葉に頷いた麻衣が、

「ここからは私の調べゆえ間違いがあるかもしれないわ。その折りは高すっぽさん、あなたが訂正して」

と言ったのち、空也の薩摩入りの話の諸々から示現流の高弟酒匂兵衛入道《ひょうえにゅうどう》一派と敵対し、これまで酒匂兵衛入道、三男の参兵衛《さんのひょうえ》らに待ち伏せされて尋常勝負を戦い、その勝負をことごとく制したのち、それ以上の無益な戦いを避けるために福江島など五島列島の島巡りをしていたと告げた。

麻衣が話し終えると、空也を見た。

空也が大きな間違いはないというように、こくりと頷いた。

「十九歳になったばかりというのに、薩摩の示現流を相手に平然としておると。そりゃくさ、辻斬りのマイヤー・ラインハルト神父ば斃したことがたい、わっつにはようよう信じられると」

立花磯吉が得心がいった顔をした。

「調役、吟味役、この長崎には薩摩屋敷もございます。坂崎空也の名が酒匂派に知られるのは、さほど時を要しますまい。そこでお知恵を貸してください」

高木麻衣が長崎会所の長《おさ》に願った。

この日の話し合いはさらに半刻《はんとき》（一時間）に及んだ。

四

寛政十年二月半ば、薬丸新蔵《やくまるしんぞう》が三十間堀三原橋《さんじっけんぼりみはらばし》近くに野太刀《のだち》流の小さな道場を開いて半月が過ぎた。

味噌蔵《みそぐら》だった土蔵造りの建物の床は、およそ二十数坪の床板が剝《は》がされ、その上に柔らかな土を入れて土間に直してあり、東国の剣術道場としては珍しい造りだった。

床を剝がした分と中二階を取り払ったがゆえに、土間から天井までが高かった。さらに表と裏に両開きの扉があるので、夏の間、開けておけば風が通りそうだった。土間の一角には手造りの見所があって、神棚も一応設《しつら》えてあった。だが、どこの神社の御札も入っていなかった。

この味噌蔵を見つけてきたのは、品川柳次郎《しながわりゅうじろう》であった。

一月の末のことだ。

表通りに面していないので店賃《たなちん》が安かった。そんな話を小田平助《おだへいすけ》や竹村武左衛門《たけむらぶざえもん》らがいる小梅村《こうめむら》の道場で披露《ひろう》していたところに、久しぶりに薬丸新蔵が姿を見せたのだ。

「おや、薩摩っぽの新蔵どんは、小梅村のことを忘れておらぬと見える」

武左衛門が早速声をかけた。

「ご一統、ご無沙汰《ぶさた》しており申す」

「新蔵どん、どげん暮らしをしていたとな」

小田平助が尋ねると、

「平助どん、おいは名ば変えたと。薬丸長左衛門《ちょうざえもん》兼武《かねたけ》と改名したとです」

「なにやら大層な名じゃな」

「江戸で剣道場ば開きたかとです」

「おお、景気がいいな。金はあるのか」

「武左衛門どん、金はなかです」

「金ものうて、剣術道場を開くというか」

「門弟が来れば束脩《そくしゅう》も入りもそ」

「えらい算段だな、新蔵どの」

小梅村の尚武館道場を任された田丸輝信《たまるてるのぶ》が道場に姿を見せ、そのやりとりを聞いて薬丸新蔵に話しかけた。

「江戸で名を上げれば、なんとかなりもそ」

「婿《むこ》どの、新蔵どんは兼武と名を変えたそうじゃぞ。道場稼業が銭になると勘違いしておる。婿どの、とくと言うてやれ。道場稼業では金儲《かねもう》けにならんとな」

「武左衛門どん、おいは金儲けしたかとじゃなか。野太刀流薬丸兼武の名を上げたかだけじゃっど」

「おい、薩摩っぽ、われらはようやくそなたの名を新蔵と覚えたのだ。急に兼武などと呼べるか」

「ご一統は身内じゃっで、昔ながらの新蔵でよか」

と言った新蔵が、

「品川柳次郎どん、そん味噌蔵、どこにあっとですか」

「なに、最前話していた味噌蔵の場所か。三十間堀の三原橋の東側だが」

「三十間堀、どこにあっとな」

「三十間堀をご存じないか。ああ、そうだ、薩摩藩の江戸藩邸からさほど遠くないぞ。そうさな、藩邸から七、八丁といったところか」

品川柳次郎の返事に薬丸新蔵の顔が険しく変わり、

「そん味噌蔵、剣道場に使ゆっじゃろか」

「土蔵造りゆえ丈夫であろうが、床や中二階は傷《いた》んでおった。手入れが要ろうな。広さは二十数坪ほどか」

「見ろごちゃ」

新蔵が望み、柳次郎がその味噌蔵へ新蔵を連れていき、その日のうちに話が決まった。道場造りを小梅村の門弟衆や武左衛門らが手伝い、なんとなく野太刀流の剣道場が完成した。

だが、道場の看板を掲げてはみたものの、路地裏ということもあって入門者はなく、新蔵は道場において、

「朝に三千、夕べに八千」

の独り稽古をして過ごしていた。それにしても薩摩藩江戸藩邸近くに野太刀流の道場が開かれたのだ。当然、薩摩藩江戸藩邸の家臣たちの間にもその話は広まっているはずだった。

薬丸新蔵が東郷示現流の高弟酒匂一派と険悪な関係にあることも江戸藩邸では知られていた。だが、藩邸の重臣らは知らぬ振りを通していた。というのも、薬丸新蔵の野太刀流道場の背後には、直心影流尚武館道場の坂崎磐音が控えているという風聞があり、薩摩藩も東郷示現流も表立って薬丸新蔵に手出しすることはなかった。事実、尚武館小梅村道場の門弟らが時折り薬丸道場を訪ねて稽古をする姿が見られた。

若い道場主薬丸新蔵は、江戸で野太刀流の武名を上げげんと密《ひそ》かに熱望して、独り稽古に努めていた。

神保小路の尚武館道場に槍折《やりお》れの指導に来た小田平助から磐音は、

「三原橋の薬丸道場じゃがな、未だ入門する門弟はひとりもおらんげな。なにしろ味噌蔵道場の上に、土間で裸足の稽古たい。東国の剣術は板張り床で稽古しよろうが、あん土間で裸足《はだし》の稽古は江戸の侍にはくさ、無理じゃろね」

と聞かされていた。

数日後、坂崎磐音が中川英次郎《なかがわえいじろう》ひとりだけを連れて、ふらりと薬丸道場を訪れた。新蔵こと薬丸兼武を密かに激励するためだ。

「磐音先生、おいの道場にひとりの弟子も入門しよらん。どげんしたもんじゃろか」

新蔵が磐音に質した。

「新蔵どの、何事も始めから、千客万来ということはござらぬ。独り稽古の日々にどれほど耐えられるか、それがのちに大きな花を咲かせるのです。新蔵どのはまだ若い。江戸での孤独修行を思い切り楽しみなされ。そのうちな、そなたの腕前であれば必ずや、一人ふたりと入門者が現れます」

磐音が言い、

「どうです、久しぶりに稽古をしませぬか」

と新蔵を誘った。

「磐音先生、うちは土間じゃっど、よかろかい」

「構いません」

磐音は裸足で土間の道場に下りると、足裏をしっかりと土に馴染《なじ》ませた。

「磐音先生、おいに直心影流ば教えてもらえんじゃろか」

新蔵の願いを受け入れた磐音は、木刀を手に対面した。

両人の稽古の見物は英次郎ひとりだった。だが、小さな道場に初めて木刀の打ち合う音が響き、道場のある路地を通りかかった棒手振《ぼてふ》りが格子窓《こうしまど》から覗き込んだりした。

一刻半（三時間）ほど無心に打ち合ったふたりは稽古をやめた。

「磐音先生、おいは手も足も出んと」

「そなたは得意の野太刀流を捨てておられる。それがしがそなたの流儀で立ち合い稽古をなせば、それがしもこうはいくまい」

むろん磐音と新蔵の立ち合い稽古は勝負ではない。新蔵が磐音の胸を借りる稽古にすぎなかった。

「そうじゃろか」

「間違いござらぬ」

両人は稽古のあと、しばらく談笑し、

「時に神保小路や小梅村に遊びにおいでなされ」

と言い残すと、磐音は英次郎を伴い、小さな道場を去った。神保小路の尚武館への帰路、英次郎が、

「磐音先生、新蔵どのの道場に門弟は入ってきますでしょうか」

と尋ねた。

「英次郎どの、そなたはどう見られた」

「江戸の剣道場とは違い、土間に裸足ではなかなか入門者はいないと思います」

「新蔵どのの武名が上がれば、弟子は必ず入門します。されどそうなれば、別で厄介《やっかい》が生じるであろうな」

「東郷示現流酒匂派の面々が黙っておりませんか」

「そのことが気がかりにござる」

と磐音は応じた。

磐音は、薬丸新蔵の技量さえあれば、近いうちに野太刀流剣術の武名は必ず上がると考えていた。一つのきっかけさえあればよいのだ。だが、新蔵の武名が上がれば上がるほど、酒匂派の新蔵への憎しみや妬《ねた》みが膨らんでいく。

「磐音先生、空也様も毎日酒匂派の追っ手を警戒して、武者修行を続けておられるのでしょうか」

「何百里も離れた西国のことゆえ、なんとも申せません。ただ、空也は無益な戦いを避けておりましょう。一方、新蔵どのは薩摩藩を挑発するように江戸藩邸近くに道場を開かれた。自ら退路を断ったとも言えます。新蔵どののほうが厳しいかもしれぬ」

磐音と英次郎が野太刀流薬丸道場を辞去して半刻後、三人の武家が三原橋を訪れ、道場の土間に草履《ぞうり》のまま踏み込んできた。

「薬丸新蔵じゃな」

薩摩藩江戸藩邸の重臣と思しきひとりが若い道場主に質した。

「ただ今では薬丸兼武と改名し申した」

新蔵はわざと改名した名を告げた。

「薬丸兼武か、小細工ばしよるな。ご大層な名に変えても門弟ひとりおらぬか」

「おりもはん」

新蔵が答え、

「おはんはだいさあな」

「江戸藩邸の目付頭財部道綱《めつけがしらたからべみちつな》」

それなりの家格と身分であろうと新蔵は思った。

「財部どの、なんぞ御用がございますと」

とようやく聞き慣れた江戸弁混じりに質した。

「薬丸新蔵、野太刀流では入門者はなかろう」

と相手は決めつけた。

「最前、薬丸兼武と改名したと申しましたな」

新蔵はそう言って相手を睨み返した。ふたりの連れが薩摩拵《ごしら》えの柄《つか》に手をかけた。

「おはんら、薬丸道場に道場破りに来たとな。ならば相手せんこともなか」

新蔵も構えを見せ、ふたりが間合いをとった。

「やめておけ、濱倉《はまくら》、人見《ひとみ》」

財部がふたりの連れを制した。

「財部様、こやつ、藩に断わりもなしに薩摩剣法の看板を藩邸近くに掲げたのでございますぞ」

どちらが濱倉で人見か、新蔵には分からなかったが、江戸藩邸育ちかと新蔵は思った。

「おはんら、鹿児島《かごしま》の薩摩剣法を知るめえ。こやつは、そん薩摩剣法を極めたひねくれもんじゃっど。江戸育ちでは勝てん」

「目付頭、やってみなければ分かりませんが、

「薩摩剣法は立ち合うたら、赤恥をかくだけでは済まん。死ぬ覚悟があっか」

財部が気負い立つふたりに言い、新蔵に視線を向け直すと、

「薬丸、野太刀流の看板を下ろせ」

といきなり言った。

「道場を閉じよと言われ申すか」

「いや、示現流ならば許そう」

新蔵はこれまで幾たびも誘いかけのあった言葉を江戸で初めて聞いた。

薩摩の江戸藩邸でも、薬丸新蔵を東郷示現流に取り込むことによって、飼い殺しにしようとしていた。

「断わり申そ」

新蔵の返答ははっきりとしていた。

「薬丸新蔵、後悔することになるぞ」

「野太刀流はおいの剣法でごわんど」

財部が土間の道場から出ていった。

「次はないと思え」

と若侍が言い残して財部を追った。


一晩、会所の宿坊に泊まった坂崎空也は、次の日、高木麻衣に連れられて長崎奉行所を訪れた。

長崎奉行松平石見守貴強《まつだいらいわみのかみたかます》に面会を求めてのことだ。

会所調役の高木籐左衛門と吟味役立花磯吉と高木麻衣との話し合いで、坂崎空也を長崎奉行所に新たに赴任してきた者とするのが、長崎で騒ぎを起こすことなく剣術修行に打ち込める身分ではないかとの考えで一致した。空也は三人の話し合いをただ黙然と聞いていた。郷に入っては郷に従えの譬《たと》えどおり、長崎人の知恵に従うのがよいと考えたのだ。

空也にとって剣術修行が行える場と相手さえあれば、その他のことはさして重要なことではなかった。

長崎会所のお膳立《ぜんだ》てがすでに整っていたがゆえに、すぐに麻衣と空也は、松平石見守への面会が得られた。

「ほう、この若者が尚武館道場坂崎磐音どのの嫡男《ちゃくなん》か」

松平石見守が好奇心もあらわにしげしげと空也を見た。

七十六代長崎奉行松平石見守は、すでに空也の出自を承知していた。

松平は、前年の三月十四日に発令を受け、九月に着任していた。空也と面会したとき、すでに五十七歳、老練な遠国《おんごく》奉行であった。

空也は一礼し、

「ご迷惑をおかけいたします」

と述べた。

「高木麻衣、長崎会所もこの者に借りがあったか」

松平石見守が麻衣に質した。というより念押ししたという感じであった。

「お奉行は長崎で起こった異人の辻斬り騒ぎをご承知でございますね」

「長崎に着任して初めての大事であったゆえ、よう覚えておる」

「辻斬りの下手人、異人神父のマイヤー・ラインハルトを野崎島で見事に斃したのが、この坂崎空也どのでございます」

「なに、この若者が異人の辻斬りを斃したというか」

「はい、私はその場に立ち会いましたので間違いございません」

「なんとのう」

驚きを隠せない松平石見守が、

「麻衣、われらも坂崎空也どのに借りがあってな、対馬藩の一件でこの者の手を借りたのじゃ」

と説明するのに対して麻衣が、

「昨日はそのようなことを言わなかったわね、高すっぽさん」

「さほどの働きをしたわけではありません。対馬にて鶉飼寅吉と申されるお方に会い、壱岐島まで旅を一緒にして参っただけです」

と空也が答えると、松平奉行がぽんぽんと手を打った。すると次の間の襖《ふすま》が開いて、侍姿の鶉飼寅吉が控えていた。

「高すっぽ、また会うたな」

「寅吉さんは江戸へお戻りになったかと思うておりました」

「そなたが長崎に来るのを待っておった、坂崎空也どの」

と鶉飼が応じた。

「鵜飼様、その坂崎空也という名はこの長崎では使うことは叶《かな》いません」

麻衣が言った。

「薩摩の追っ手から身を隠すためかな、それとも朝鮮人剣士李智幹《りちかん》一派から逃げ果《おお》せるためかな」

鵜飼寅吉が尋ねた。

「李智幹老師はもはや追っ手ではありません」

「うむ、ということはそなた、李老師と立ち合うたか」

空也が頷き、麻衣が驚きの眼で見た。

「高すっぽさん、あなたは私たちに話していないことがたくさんあるわね。李智幹老師と敵対していたの」

「好き好んで李老師と戦うたわけではございません」

と前置きした空也は、李老師一派と敵対した経緯《いきさつ》とその後、平戸藩城内で戦いに及んだ事実を語った。

「呆れたわ」

麻衣が空也の説明に応じて、

「残る追っ手は薩摩の酒匂一派のみなのね」

と念押しした。

「はい」

空也は頷いた。

「そなた、長崎にも薩摩屋敷があることは承知であろうな」

松平石見守が空也に質した。

「はい、存じております」

「ならば長崎滞在中、ただ今よりそなたの名は坂崎空也ではない。わが松平家家臣大坂中也《おおさかちゅうや》とせよ」

「畏《かしこ》まりました」

「鵜飼寅吉、大坂中也を長崎奉行所の長屋に住まわせるよう手配せよ。務めは寅吉、そなたの配下とせよ。それならば長崎で気ままに動けるであろう」

と松平石見守が言い、坂崎空也から大坂中也へと名が変わった空也は、長崎奉行松平石見守貴強に深々と頭を下げた。

第二章　父の秘密

一

　大坂中也こと坂崎空也には、鵜飼寅吉が暮らす長崎奉行所立山役所の長屋の一室が与えられた。そこには夜具が一揃《そろ》い、すでに用意されていた。

　三度のめしは長崎奉行所の一員として台所で摂《と》っていいことになった。

　高木麻衣も空也の長崎奉行所での暮らしに関心があるのか、ふたりに従ってきて鵜飼にあれこれと注文をつけた。

「寅吉さん、長崎奉行所に剣道場はありますか」

　空也は一番気がかりなことを尋ねた。

「無論ある。だがな、最初からそなたが剣術に関心を示し、腕前を発揮すると、厄介が生じぬか。そなたは、あくまで松平石見守様の陪臣《ばいしん》じゃ。そして、わしの下で影御用《かげごよう》を務める体《てい》をとる以上、わしと一緒にしばらくはふらふらして長崎の町を知ることが先決だな。奉行所の剣道場にはいつでも来てよい。だがな、中也、そなたと対等に稽古できる者など、この長崎奉行所にはおるまい」

と寅吉は言い、語を継いだ。

「長崎奉行所の剣道場には、時に筑前福岡藩や肥前佐賀藩の藩士が稽古に来られるので、それなりの腕前の者も稽古をしておる。道場の場所は教えるが、しばらくは慌《あわ》てることなく、この町を見て回れ」

対馬藩領で会ったときの小間物屋《こまものや》の言葉遣いとはもはやかけはなれたものだった。その口調は長崎奉行所の役人のそれだった。

「鵜飼さん、本日は私が中也さんを奉行所から連れ出していいわね。着たきり雀《すずめ》のあの臭い旅の形《なり》では、おこもさんに間違われそうよ。会所でさっぱりとした衣服を探して着替えさせなきゃ、町なんてとても歩けないわよ」

「たしかに麻衣さんの言うとおりじゃ。そなたの五体からはなんともいえぬ汗と汚れの臭《にお》いがそこはかとなく漂うてくるぞ」

空也はその指摘に驚いた。自分では気付かなかったが、修行の旅を続ける中、五体と道中着が汚れていたようだ。憮然《ぶぜん》とした顔で密偵ふたりに反論した。

「寅吉さんも麻衣どのも一緒に島巡りをしたではありませんか。その折りもそれがしは同じ道中着でした。なぜ今になってそれがしの形《なり》や臭いを気になさるのですか」

「長崎はな、異人もいれば、女子衆も異国渡来の形をしているような町なのだ。高すっぽのようにむさい格好では却《かえ》って怪しまれよう。われらの形も御用に出た節と違うのは当然のことだ。麻衣さん、すまんが大坂中也の体裁を整えてくれぬか」

鵜飼寅吉が願い、空也には長崎奉行所に出入り勝手の鑑札《かんさつ》を渡した。

空也はふたりの会話から長崎奉行所の密偵と長崎会所の女密偵とはそれなりの付き合いがあることを悟った。

長崎奉行所の長屋に道中嚢のみを置いた空也は、麻衣に従うことにした。

長崎奉行所立山役所を出た高木麻衣は、今一度長崎会所に空也を連れ帰り、湯殿で旅の垢《あか》を流させることにした。これまで着ていた衣類の代わりに真新しい褌《ふんどし》と浴衣《ゆかた》が脱衣場に用意されていて、麻衣が、

「道中着は会所の女衆に洗わせるわ。この臭いをきっと嫌がるでしょうね」

と苦笑した。

「さように酷《ひど》い臭いですか」

「まだ春だからいいけど、夏に高すっぽさんに会うのはご免ね」

うーむ、と空也は唸《うな》った。

渋谷《しぶや》眉月《まゆつき》と肥後《ひご》八代《やっしろ》で会った折りもかような臭いをさせていたのか。それを考えると恥ずかしくなった。

「奈良尾で初めて会ったとき、麻衣どのはなにも申されませんでしたよ。それがしの臭いのことを」

「御用を務めているときは、こちらも酷い形だもの。でもこの長崎では許されないの」

「さようでしたか。湯でさっぱりと洗い流して参ります」

「それがいいわ。だれかさんに嫌われるわよ」

麻衣が空也の心の内を読んだように言った。

空也は長崎会所の湯殿に独り浸《つ》かって、久しぶりにのんびりと時を過ごし、五体の垢を擦《こす》り落とした。

空也が湯から上がって真新しい褌と浴衣に着替えると、麻衣が空也を陽射《ひざ》しが差し込む縁側に連れていった。そこには年増《としま》の女髪結いが待っていて、髷《まげ》を解き始めた。

「麻衣さん、こん人、江戸から旅してきた若い衆ちゅうが、よう汚れとるね。どげんしたとね、まるで旅の間じゅう野宿でもしてきたごたる」

と呆れた。

「道中で路銀が尽きまして、野宿同然の旅でした。おふたりが鼻をつまむほど髷も臭いですか」

「十分に臭かと。それにしても呑気《のんき》な若衆たいね」

呆れ顔の女髪結いがそれでも丁寧に空也の髪を洗ってくれた。

空也は肥後八代を出て以来、髪を弄《いじ》ってもらうなど久しぶりのことで、思わずこくりこくりと居眠りした。ふと気付くと髪結いはいなくなっていて、空也の髷は長崎奉行松平石見守の家臣らしくさっぱりと結い直されていた。

「中也さん、こちらの衣服に着替えなさい」

麻衣の腕に、長崎奉行所の密偵が着るような南蛮渡来《なんばんとらい》の布地で仕上げた縞模様の小袖と袴、帯一式が抱えられていた。

「中也さんの背丈は異人並みでしょ、なかなか身丈に合う小袖がなかったわ。この唐桟の小袖は阿蘭陀商館の異人さん用に仕立てた衣装の残りなの。ちょっと派手かもしれないけど、このほうが長崎者らしく見えるわ」

と言い、着替えまで手伝ってくれた。

「よかよか、こいで長崎暮らしの若侍が仕上がったね」

と長崎弁を交えた麻衣が空也の周りをぐるりと回って確かめた。

「これからは大坂中也で通すからね。まずは長崎見物に行きまっしょかね。野崎島の借りを返さないと義理を欠くもの」

長崎会所の女密偵高木麻衣が言った。

「麻衣どの、貸しなどありませんよ」

「あなたが考えている以上に、マイヤー・ラインハルトの一件は長崎にとって大きな騒ぎだったの。だけど、この長崎では坂崎空也が、いえ、大坂中也が仕留めたなんてだれも知らないのですからね」

と念押しし、

「分かっております」

と空也が応じて、麻衣に確かめた。

「それがし大坂中也は、長崎奉行松平様の家臣ですよね。長崎会所の女密偵どのとどのような関わりがあると、長崎の人に承知してもらえばよいのでしょうか」

「長崎奉行所と長崎会所は、上下の関わりでもあり、お互いに手助けしなければならない間柄でもあるの。まして大坂中也さんが鵜飼さんの手下ならば、長崎会所の私と影御用のうえで繋《つな》がりがあっても、不思議はないわ。まあ、長崎の人ならば私たちの関わりを詮索することはないわね。むろん異人さんもね。気を付けなければならないのは、やはり薩摩だけよ」

と麻衣が言い切った。

「承知しております」

空也は麻衣に連れられて改めて長崎の町へと出た。

「中也さん、あなたは昨日ひとりで長崎入りしたのではないわね。連れがいたのよね」

とそぞろ歩きしながら麻衣が空也に質した。

「よう承知ですね。そうか、麻衣どのは会所の女密偵でしたね」

「長崎奉行の家来が、麻衣どのはないわね。麻衣と呼び捨てにしなさい」

「世話になっている麻衣どのを呼び捨てにはできません」

「若い大坂中也さんの立場もあるわね。さん付けでいいか」

と麻衣が納得した。

「では、そうさせてもらいます」

と応じて、中也になり切った空也は、小太郎と出会った経緯をすべて麻衣に語った。

「大村城下の町道場で道場破りと一緒に出会ったのね」

「そういうことです。小太郎さんはそれがしのことを高すっぽとしか知りません。それがしも篠山小太郎さんとしか承知していません」

「小太郎さんは、いささか怪しげね」

と麻衣が言った。


出島の橋前を見渡せる江戸町《えどまち》に着くと、麻衣が、

「出島の橋前で八つ半時分に落ち合う約束をしたのね」

「そろそろ八つ半ですね。姿がないな」

空也は辺りを見回したが、小太郎の気配が感じられないことを悟っていた。

「中也さん、小太郎さんはここには来ないと思うわ。まあ、見ていなさい」

麻衣と中也は四半刻ばかり待ったが、小太郎が来る様子はなかった。

「また明日、ここに来てみます」

「中也さん、よく覚えておいて。長崎に来る大名家の家臣は、抜け荷を企てたり、あれこれと企《たく》みを持って長崎に潜り込む輩が多いの。小太郎さんが、そうだとは言い切れないけど、今後気をつけることね」

と空也に注意した麻衣が、

「中也さん、長崎のどこに行きたいの」

と尋ねた。

「長崎のことは、未だ会所と奉行所のほんの一部しか知りません。麻衣さんが行きたいところに連れていってください」

しばらく黙って考えていた麻衣が、

「坂崎空也を、いえ、大坂中也だったわね、驚かせてみようかな」

と呟き、

「中也さんは女子《おなご》を承知なの」

といきなり尋ねた。

「女子を承知とはどういうことですか。麻衣さんも女衆ではありませんか」

「そういうことではなくて、女子と情愛を交わしたことがあるかと尋ねているのよ」

　麻衣は直截《ちょくさい》に空也に尋ねた。

「麻衣さん。それがしは十六の歳から武者修行に出た身です。さような関わりは未だ持っておりません」

　空也が顔を赤らめて麻衣に答えていた。

「そうよね、西の丸徳川家基様の剣術指南だった坂崎磐音様の嫡男ですものね」

「麻衣さん、それがしの出自や父の気性までよう承知ですね」

「長崎会所の人脈は空也さんが思う以上に広いの。京《きょう》にも江戸にも通じているわ。あなたがどこから福江島に辿り着いたか調べたら、すぐに八代から船に乗ったと分かったわ。となるとあなたが中通島で私に話した薩摩藩の東郷示現流酒匂一派の件も調べがついたの」

「長崎会所にとってそれがしの逗留《とうりゅう》が迷惑ならば、即刻立ち退《の》きます」

　空也は応じた。

「私は野崎島で、幕府の直轄地である長崎に来れば、東郷示現流といえども無法なことはできないとあなたに言ったわね」

「はい、ゆえに島巡りのあと、長崎を訪ねてみようと思うたのです」

「私が恋しかったからでないことはたしかね」

とからからと笑った麻衣に空也は、

「いつまでも酒匂一派から逃げてばかりでは武者修行になりません。この地でまた酒匂派に襲われるならば、それもまた一期《いちご》の縁《えにし》と思い直したのです」

「それなら、大坂中也なんて名前で呼ばれるのは不本意じゃないの」

「いえ、長崎奉行の松平様や会所の高木様のご厚意にそむくこと、また酒匂派を敢えて挑発するようなこともしたくありません。長崎での剣術修行の最中に酒匂一派と立ち合うことになったとしたら、それも運命《さだめ》です」

麻衣は空也の言葉を吟味していたが、

「この長崎が坂崎家と関わりがあることを空也さんは承知なの」

と不意に訊いた。

「いえ、それは存じません。父は豊後関前藩の家臣だったゆえ、若い頃にでもこの長崎を訪ねたことがあるのでしょうか」

と空也が麻衣に尋ねた。

「中也さんは、父御がなぜ藩を致仕《ちし》されたか、ご存じ」

「藩の内紛に絡《から》んでのことと聞いています。わが家の仏壇には三柱の位牌《いはい》があるのを幼い折りから見てきました。されど、その曰《いわ》くやどなたの位牌なのか、父の口からそれがしが聞いたのは、父が神保小路に尚武館を再興する前日のことです。その後、それがしが豊後関前藩から武者修行に発つ少し前、お三方の墓に詣《もう》でました」

父の磐音は祖父の坂崎正睦《まさよし》の弔《とむら》いの日の翌日、空也一人《いちにん》を供に命じて、猿多岬《さるたさき》にある翠心寺《すいしんじ》の離れ墓を訪れたのだ。

そこには幼い頃から仏壇で見てきた位牌の主、河出慎之輔《かわでしんのすけ》と舞《まい》、小林琴平《こばやしきんぺい》の墓が設けられてあった。

磐音は墓前では墓の主の経緯を語ることはなかった。だが、空也は河出慎之輔と小林琴平が父の親しい友であり、慎之輔の女房の舞が奈緒の姉であることを理解していた。

そんなことを空也は麻衣に語った。

「豊後関前藩のお家騒動が親しい三人の運命を変えたのね」

麻衣は空也の父の出が豊後関前藩であることをすでに承知していた。

「麻衣さん、そなたはなぜそれがしの身許《みもと》を調べられたのですか」

「気を悪くしたかしら、中也さん」

「いえ、なぜ関心を持たれたかと思うたのです」

「マイヤー・ラインハルトとの真剣勝負を見たとき、この若者はこのご時世にな
ぜに苦しい武者修行を続けているのかと、その曰くが気になったの」

「それで長崎に戻られてから坂崎家について調べられたのですね」

「そういうこと」

「なにが分かりました」

「あなたが十六の若さで死を賭《と》して武者修行に出た理由かな」

「それがしの武者修行に曰くがあるとしたら、剣の道を究めたいという一事だけです」

ふたりはぶらりぶらりと長崎の町並みを見て歩いていた。

空也には長崎の町並みがどことなく懐《なつ》かしく感じられていた。今まで武者修行で滞在したどこの城下とも違っていて、空也の気持ちを揺さぶった。ともかく色彩豊かで、香りと音に溢《あふ》れていた。そして、長崎弁の間から異国の言葉が聞こえてきた。

「剣の道を究めようとしたのは、父御の坂崎磐音様を超えるためではないの」

「それがしなど、父の足元にも及びません。目の前に立ちはだかる巨岩です」

麻衣に会釈していく男衆がいた。その相手に返礼しながら、麻衣は空也にゆっくりと長崎の町を感じさせていた。

「麻衣さん、父は父です。それがしはそれがしの剣術を求めて旅に出たのです」

空也はそう答えながらどこか違うとも感じていた。

「父御とふたりの親しい友の夢は一夜にして悲劇に変わった。空也さんの父上は友を失った哀《かな》しみののち、剣術に救いを求められたのではないかしら」

空也は、麻衣がなぜ坂崎家にこれほどまで関心を寄せるのか分からないまま、麻衣の歩みに従って話を聞いていた。

「坂崎空也は父の坂崎磐音を知るために武者修行に出たとばかり思っていたけど、こんな考え、長崎会所の女密偵の勝手な推量かしら」

麻衣が「坂崎磐音を知るために」と表現したことに対し、

「そうかもしれません」

と答えた空也は、武者修行の旅に出たばかりの頃、偶然出会った遊行僧《ゆぎようそう》と短い会話を交わし、別れた直後、その僧が空也に向けた無言の言葉を全身で受け止めたことを思わず告げていた。

（捨ててこそ）

「それがしの旅は、父の生き方とこの遊行僧の無言の教えをこの五体で知るためなのかもしれません」

「その言葉が、あなたに修行の旅を続けさせているのね」

「はい」

また麻衣は沈思《ちんし》した。なにか迷っているような表情をしていたが、

「あなたが長崎に辿り着いたのは、私から誘われたからでも、また鵜飼寅吉さんの言葉を思い出したからでもないわ」

と麻衣が断言した。

「どういうことですか」

「あなたは来るべくして長崎に来たのよ。これからは私のお節介よ。あなたに嫌われるかもしれないけど、あなたならどんなことがあっても乗り越えてくれる、と私は信じているわ」

「武者修行の一環ですか」

「かもしれないわね」

ふたりはいつしか川を渡り、春の陽《ひ》が傾き始めた町の一角に辿り着いていた。

剣術一筋、不粋な生き方をしてきた空也でさえ、そこが長崎の遊里であると分

かる場所だった。

二

寛永《かんえい》十九年（一六四二）、新紙屋町《しんかみやまち》、大井手町《おおいでまち》などに点在していた遊女屋を丸《まる》山《やま》と寄合《よりあい》の二つの町に集め、遊里とした。そんな遊里に勤める女たちを、

「丸山遊女」

と称した。

長崎の遊郭《ゆうかく》丸山が他の遊里と異なるのは、異人を相手にする遊女の働きが遊郭の盛衰に大きく関わっていたことだろう。長崎に入津《にゅうしん》する異国船の盛況とともに丸山遊郭は発展し、元禄《げんろく》時代（一六八八〜一七〇四）に全盛期を迎えた。

例えば天和《てんな》元年（一六八一）には遊女の数は七百六十六人、全盛期の元禄五年（一六九二）には千四百四十三人を数えたが、幕末に近付くにつれてその数は減少していった。

丸山遊女の格式は、
一、阿蘭陀行《ゆき》

二、唐人行
三、和人行
と分かれ、和人行は最も位が高く、和人のみを相手にした。

一方、阿蘭陀行は阿蘭陀人の呼び出しに応じて出島に行く遊女であり、出島行とも呼ばれた。

また唐人行は元禄以前の呼び名で、長崎に唐人屋敷が設立されてからは、唐人屋敷行とか十善寺《じゅうぜんじ》行と呼ばれた。十善寺とは唐人屋敷があった一帯の地名である。

出入りが殊更《ことさら》に厳しい出島も遊女は別だったが、阿蘭陀行は遊女に敬遠されていたので、丸山遊女たちの中でも客の少ない遊女が選ばれ、その代わり和人との遊び代の何倍もの値が払われた。

長崎会所の女密偵高木麻衣に誘われて空也が訪れた丸山遊郭は、夜見世《よみせ》を前にひっそりと静かだった。

丸山遊郭の中でも大楼は、引田屋《ひけたや》や中《なか》の筑後屋《ちくごや》などで、望海楼《ぼうかいろう》もまたその一つであった。

麻衣は平然とした顔で望海楼の暖簾《のれん》をくぐった。すると男衆が、

「おや、麻衣様、珍しかね」

と親しさと敬《うやま》いのこもった表情と言葉で出迎えた。

「平蔵《へいぞう》さん、大女将《おおおかみ》はおらすやろか」

麻衣は長崎弁で相手に質した。

「帳場におらすと。呼びまっしょうか」

平蔵と呼ばれた老番頭が、麻衣の後ろに従う若侍に訝《いぶか》しげな眼差《まなざ》しを送りながらも答えた。

「帳場に通ってよかろうかね。大女将に訊いてくれんね」

「へえ」

と言って奥へ姿を消した平蔵がすぐに戻ってきて、

「麻衣様、どうぞ」

と言い、

「お連れさんも一緒やろね」

と麻衣に尋ねた。

「そげんしてくれんね。事情はうちからおかからさんに説明するけん」

と答えた麻衣が空也を振り返って頷き、立派な玄関土間から沓脱石《くつぬぎいし》を避けて板の間に上がった。

腰の大刀を抜く空也の眼にも、望海楼の建物が立派な普請《ふしん》であり、手入れが行き届いていることが知れた。

「大女将《おかつあま》、会所の麻衣たい。お邪魔してよかろうか」

と声をかけた麻衣が廊下に座して障子戸を開けた。空也も慌てて、麻衣に倣《なら》って廊下に座した。

「おや、お連れさんがおられるとな」

「はい」

「入らんね」

と答えた大女将のおからは七十を越えて、白髪《しらが》のままに髷を結った容姿が品よい老女だった。

麻衣が帳場座敷に入り、空也が、

「お邪魔いたします」

と続くと、帳場座敷の障子の陰にもうひとり女がいた。おからと面影が似た女は娘であろうと思われた。空也の眼にも歳は三十七、八と見えた。

「おいねさん、気がつかんで失礼ばしましたと」

麻衣がおいねに声をかけて詫《わ》び、

「なんのことがあろうたい。珍しかね、麻衣さんが長崎会所の若い衆ば連れてきなさるとは」

おいねが麻衣と空也を見た。

「こん若い衆はたい、松平様のご家来、大坂中也さんたい」

「お奉行さんのご家来衆に、こげん背が高か若侍がおったやろか」

「おいねさん、そいがな、表向きたい」

「なんち言いなると。表向きちゅうことはたい、麻衣さんと同じ密偵ごたる役目の人ね」

「それが違うとよ」

と応じた麻衣が、

「よかね、こん望海楼の大女将のおからさんと、当代女将のおいねさんたい。これから世話になろうたい」

と空也に紹介した。

「大坂中也にござる」

と名乗った空也のことを、麻衣は、

「最前も言うたが、こん大坂中也は偽名たい」

あっさりと取り決めを翻《ひるがえ》して親子に秘密をばらした。長崎では大坂中也を通すと言ったはずではなかったか。

「やっぱり密偵さんね」

「そいがね、今時珍しか、武者修行の若者たい」

「なんち言いなったね」

「武者修行する侍がこんご時世におったとね」

母娘が口々に驚きの言葉を発した。

「おからさん、おいねさん、こん若い衆の本名は坂崎空也と言いなると」

「武者修行の坂崎さんね」

大女将のおからが麻衣に応じながら、

「客ではなし、長崎奉行所の人ではなし、武者修行のお侍が長崎会所と関わりがあるとね」

と首を捻った。

「おからさん、こん顔に覚えはなかね」

しばし間を置いた麻衣が不意におからに尋ねた。

「うちと関わりがあるち言いなるな。待ちない。そう言われればどこかで見かけた顔たいね。ばってん、こげん若か顔は知らんもん。だれやろかね、麻衣さん」

「今から二十五年前、安永二年の話たい、おからさん」

うん、と訝しげな表情で空也の顔を改めてしげしげと見た。

「二十五年前ならたい、こん若い衆は生まれてなかろうもん」

「十九になったばかりのこん人が生まれる以前のことたい」

「待ちない、最前こん人の本名はなんちゅうたね」

「坂崎空也」

「分かったばい、麻衣さん」

「分かりましたな、おからさん」

三人の会話を茫然《ぼうぜん》と聞いていた空也はなんの話か分からなかったが、坂崎家のだれかがこの遊郭に関わりのあることだけは推測がついた。

「安永二年ち、言いなったね。小林奈緒さんがうちに売られてきた年たい、おいね」

母親が娘に言った。

「えっ、奈緒さんと関わりがあるお人ね、こん方は」

「おいねさん、そげんたい」

「まさか奈緒さんの倅さんじゃなかろね」

おいねが首を傾げ、おからが首を大きく横に振った。

「そいは違うやろ。許婚だった坂崎磐音様の倅さんやなかろうか。おっ母さんは別の女衆やろ」

と言いながら、おからが空也を凝視し、得心したように頷いた。

麻衣もまたおからに頷き返した。

しばし座に沈黙があった。

「麻衣さん、父がこちらと関わりがあるのですか」

空也が初めて口を挟《はさ》んだ。

「麻衣さん、この倅さんは事情を承知ね」

「深い話は聞かされていなかったようですと。おからさん、おいねさん、うちとは、御用の筋で五島列島の島で偶《たま》さか会ったとです」

麻衣が手短に空也との出会いを語った。

「ふうっ」

とおからが大きな息を洩らし、

「そげんことがあるとね」

と言い添えた。

「坂崎磐音様は、今や江戸で有名な剣術家ち聞いたと」

おからが言い、麻衣が頷くと言葉を継いだ。

「こちらに訪ねてこられた坂崎磐音様は、おからさんが言いなったごと、幕府の官営道場ともいえる尚武館道場を江戸城近くに開いておられるたい。長崎におる福岡藩の家来衆の中にも尚武館の門弟だった方がおられますと」

空也は、麻衣が坂崎家のことを調べたのは、長崎警護に当たる福岡藩黒田《くろだ》家の家臣を通してかと察しをつけた。だが、事情は違った。

「坂崎空也様、あなた様の父御はうちにたしかに訪ねてこられましたと。亡くなられた蘭方医の筆峰神仙《ふでみねしんせん》老先生とくさ、同じ蘭方医の中川淳庵先生が一緒やったと覚えちょるけんど」

「父はこちらになにをしに参ったのでしょうか」

空也が疑問を呈した。

「空也さん、この話、父御から聞いたことはなかかね」

麻衣の問いに、空也が首を横に振った。

「うちはやっぱり余計な節介をしたごたる」

麻衣が後悔の言葉を洩らした。

「麻衣さん、若き日の父の話を聞きとうございます」

溜息《ためいき》をついた麻衣が、

「中途半端はいかんたいね。私の知ってることはぜんぶ話すもん。あとはおからさんにお任せする。空也さん、どのような話が出ても私を許してくれるね」

「麻衣さん、心配無用です」

空也が言い切った。

「空也さん、あなたは明和《めいわ》九年（一七七二）の夏に起こった豊後関前藩の悲劇はむろん承知よね」

「それは承知です。こちらに来る道中で麻衣さんと話したように、父の友であった河出慎之輔様と小林琴平様が身罷られた騒ぎです。藩の内紛に巻き込まれての死だったと聞いております。父が上意討ちを命じられて小林琴平様と死闘を演じた御番《ごばん》ノ辻《つじ》も承知です」

その言葉に頷いた麻衣が、

「磐音様は、小林琴平様の妹御の奈緒様の許婚だったことは知っとるね」

「知っております。上意討ちとはいえ、奈緒様の兄である小林琴平様を殺《あや》めたからには、奈緒様を嫁にすることはできなかった、と父に聞いています。それがしの母は江戸の町人の娘です」

「奈緒さんのことはどうな」

とおからが空也に尋ねた。

「奈緒様の御一家とはただ今親しくお付き合いしております」

空也は、出羽国山形《でわのくにやまがた》の紅花大尽前田屋内蔵助《べにばなだいじんまえだやくらのすけ》との間に三人の子があり、前田屋が身罷ったあと、江戸に戻った奈緒一家と坂崎家の付き合いが今も続いていることなど、知り得るかぎり三人に告げた。奈緒一家の江戸戻りには父の助勢があったことを空也は薄々感じていたので、そのことも話した。

こんどはしばし三人が黙り込んだ。

「奈緒さんの身にそげん波乱万丈の行く末が待っておったとな。それで奈緒さんは今も江戸へおられるとな」

「いえ、関前藩の領内で紅花を栽培しておられます。おそらく今では関前藩の貴重な物産の一つになっているはず。江戸にも奈緒様の店がございます」

「あん奈緒さんなら、どげん運命《さだめ》も乗り越えようたい」

おからがしみじみと言った。

「空也さん、よう聞きない。麻衣さんはお節介ち言いなったがな。ただ今奈緒さんが坂崎家と親しくして、幸せに暮らしておられるならくさ、長崎に身売りしてきた話を聞いてん驚くめい」

おからはそのように前置きして、関前藩の悲劇のあと、磐音が藩を脱けて江戸へ向かったのちに、お家を取り潰された小林家では、奈緒が父の病の費えに自ら身売りして長崎の望海楼にやって来たことを、空也に話して聞かせた。

「なんと、奈緒様の身にさようなことが」

空也が生まれる以前の出来事であり、驚きを通り越していた。

「そのことを知った空也さんの父御がな、奈緒様を救い出そうとこの長崎に来られたとよ」

麻衣が空也に説明した。

「父は奈緒様と会われたのですか」

おからが首を横に振った。

「奈緒さんはくさ、うちで楼務めをせんうちに小倉に買われていきなったと。ふたりはこん長崎で会うちょらん」

空也が初めて知る若き日の磐音と奈緒の関わりであり、別れだった。

「ここからの話は、ずっと後年、あんたさんの父上様からもろうた文と、最前話した筆峰老先生の話で知ったことたい。磐音様はくさ、小倉、赤間関《あかまがせき》、京《きょう》、金沢《かなざわ》と奈緒様のあとを追いかけたのち、奈緒様のことを諦《あきら》めなさったと。ばってん、まさかうちら、あの奈緒様が白鶴太夫《はっかくたゆう》として、一世を風靡《ふうび》してくさ、御免色里吉原《ごめんいろさとよしわら》の頂きに立とうなんて夢にも考えせんじゃったと。けどな、最前の空也さんの話を聞いて、うちは安心したとよ。昔許婚だったあんたさんの父御と奈緒さんの一家が親しく付き合いをしちょると聞いてな、よか話ば聞かせてもろうたと。ほっと安心したばい。こげん話はこの世になかなかなかもん」

おからがしみじみと言った。

しばし一座は沈黙に包まれた。

「ご一統様、父にも悩み抜いた若い頃があったことを教えていただき、それがしも安堵《あんど》いたしました。それがしが記憶するわが父は、老中田沼意次《たぬまおきつぐ》様との戦いの日々であったり、尚武館道場の再興であったりと、一廉《ひとかど》の剣術家坂崎磐音でございました。それがしがこのご時世に武者修行に出たのも、父のもとを離れるためであったような気がします。奈緒様との別れが父を、ただ今の剣術家坂崎磐音を誕生させたのやもしれぬと、倅が言うのもおこがましゅうございますが、そんな気がします」

「有難う、坂崎空也さん」

と麻衣が言った。

「麻衣さんに礼を言われる謂《いわ》れはありませんよ」

「私のお節介もなにかの役に立ったということね」

と言った麻衣が、

「ここからはおふたりに相談がございますと」

とおからとおいねの母娘を見た。

「まだなんかあるとな、麻衣さん」

「この長崎で、なぜ坂崎空也が大坂中也などという偽名を使わねばならないか、そのことですたい」

「仔細《しさい》ば聞かせない。うちと坂崎家とは父子二代にわたる付き合いちゅうことたい」

とおからが言った。

空也が薩摩藩領に武者修行に入り、二年近く過ごしたことや、東郷示現流の酒匂一派から他国者が御家流儀を修行したとの言いがかりをつけられ、追っ手をかけられている話を、手順よく麻衣が話した。むろん麻衣は細かい話を承知してはいなかった。それが却っておからとおいね母娘の理解を助けたともいえる。

「空也さんは野暮天の薩摩に追われているとね」

おいねが念押しした。

「薩摩でも東郷示現流でもございません。薩摩を出る折り、国境で、酒匂兵衛入道様の待ち伏せにあって尋常勝負をなしたことが発端で、今も尾を引いております」

「それでどうなったん」

おからが尋ねた。

「それがしはただ今こちらにお邪魔しております」

「空也さんが勝ったとや。それによっていよいよ相手方の憎しみが募《つの》ったということやな」

空也が頷いた。

「こん長崎にも西濱町《にしはまのまち》に薩摩屋敷があるたい。そいで坂崎空也さんがたい、長崎奉行所の大坂中也ちゅう身分で剣術修行したいちゅうわけやな」

おいねの言葉に空也が頷き、

「分かったと。ときどきうちに遊びにこんね。そんときはあんたさんが坂崎空也と知った上で、大坂中也さんで遇するけんね」

とおいねが最後に応じた。

三

高木麻衣と大坂中也こと空也が望海楼を出たとき、丸山遊郭は夜見世が始まる刻限を迎えようとしていた。

紅灯《こうとう》の巷《ちまた》に脂粉の香りと異国の調べが漂い、出島に向かう出島行の遊女が男衆に連れられて遊里を出ていこうとしていた。

一軒の妓楼《ぎろう》の張見世《はりみせ》の中から声がかかった。

「麻衣さん、若い男衆を丸山に案内してきたとね」

「佳澄《かすみ》さんね、こん若い衆はうちの弟ごたる人たい。誘惑しちゃいけんよ。なんでん姉のうちに許しを乞うてせんといかんたい」

麻衣が冗談めかした口調で応じた。麻衣は空也とふたりだけで話すときと、長崎の人間と話すときとで言葉を変えた。

「背が高か若者たいね。異人さんごたる高すっぽが会所にいたね」

「会所じゃなかと。長崎奉行松平様のご家来たい。大坂中也さんち言いなると。江戸から長崎に着いたばかりたい」

「ふん、会所の麻衣さんとどげんして、奉行所の若侍が姉弟な」

佳澄と呼ばれた遊女と麻衣の会話を張見世の遊女衆が聞いていた。

「それにはくさ、事情があるばってん、この次話そうたい。よかね、姉の許しも得んで弟を誘惑しちゃいかんことば覚えときない」

「麻衣姉さん、分かったと。ばってん、弟は口が利《き》けんとね」

佳澄が麻衣の後ろに立つ空也に眼差しを向けた。

「口は利けるよ。長崎に来たばっかりで、驚いとらすと」

姉の麻衣が牽制《けんせい》した。

「中也さんね、こげんとこに来たことなかとね」

「初めてです」

生真面目《きまじめ》な空也の返事に、

「こんど姉さん抜きでうちに来ない。遊んでやるたい」

「残念ながら姉の許しがなければ勝手はできません。それに遊ぶお金もないのです」

「なんち言いなるな。江戸から長崎に来た若い衆の懐が寂しかち、言いなるな」

「道中で路銀を失いまして、無一文に近い懐具合で長崎に着いたのです」

空也は作り話で答えた。

「そりゃ、どもならんね。給金もろたら遊びに来ない」

「姉様の許しを得たらそうしましょう」

空也が受け流し、ふたりはすっかり夜見世に装われた丸山遊郭を出た。

「中也さん、お腹《なか》が空《す》いたろうね」

麻衣が空也に尋ねた。

「奉行所の食堂で食します」

「一朱が持ち金のすべてでは、それがいいわね」

空也に頷いた麻衣が、

「驚かせた償いに甘いものを馳走《ちそう》するわ」

そう言い添えた。

麻衣は空也が酒を飲まないことを承知していた。

「長崎名物ですか」

「そう、長崎にしかない甘味よ」

と麻衣が答え、空也が、

「父が奈緒様をそれほど慕うていたとは、ただ今の父からは想像もできませんでした」

と最前の話柄に戻した。

「上意討ちとはいえ奈緒様の兄上と戦い、勝ちを得た中也さんの父御は、もはや奈緒様と夫婦になることなどできないと一途に考えたのね」

と麻衣が言い、話を継いだ。

「それで藩を脱けて江戸へと向かわれた。一方で関前に残された奈緒様の小林家は取り潰し」

「父は親しい友の小林琴平様、河出慎之輔様、舞様を失ったばかりか、許婚の奈緒様までも失いました」

空也は、坂崎家の仏壇にあった河出慎之輔、舞、そして小林琴平の位牌を思い出していた。

「そのうえ、奈緒様の父御が病に倒れられ、奈緒様は治療の費えを得るために、自らこの長崎の丸山に身を沈められた」

それを聞いた父は一度は諦めた奈緒を追って長崎を訪れた。その行動に込められた父の断ち切れぬ想いを知り、空也は新鮮な驚きを感じていた。

「中也さん、藩の騒動がふたりの仲を裂いたのよ。おからさんの話を聞いて、あなたの父御の坂崎様は、もはや許婚とは呼べない奈緒様を求めて、小倉、赤間関、京、金沢と追っていかれた。空也さん、あなたの父御は純情にして一途な男なのね。浪人になった坂崎磐音様が、吉原の頂きに上りつめた花魁《おいらん》を身請《みう》けできるわけもない。そのときの父御の気持ちを察すると堪《たま》らないわ」

「父にそのような一面があったとは。わが母も奈緒様と父が許婚だったことを承知でしょうね」

「ただ今の坂崎家と奈緒様の一家が親しい付き合いをしているのなら、当然、空也さんの母御はすべてを承知しておられるわ」

麻衣の言葉に空也は答える術《すべ》を知らなかった。

しばらく無言で歩いていた麻衣が、

「坂崎磐音様の純情で一途な血が、あなたにも流れていると思わない」

「そうでしょうか」

「中也さん、東郷示現流酒匂一派との戦いを、そしてこの武者修行を支えているものはなんなの」

「父母や妹ら身内です」

「それだけ」

「武者修行者にそれ以上なにが要るというのですか」

「奈良尾で会ったときから感じていたことよ。身内とは別に、あなたには胸の中に秘めている人物がいないかしら」

「麻衣さん、考え過ぎです」

空也は薩摩にいる渋谷眉月のことを麻衣にも話す気はなかった。

「今はそう聞いておくわ」

と応じた麻衣が、

「それより中也さん、長崎名物のカステイラは承知」

と話を戻した。

空也は首を横に振った。

「長崎は瓊《たま》ノ浦《うら》とか深江《ふかえ》浦《うら》と呼ばれていた内海の集落だったの。ところが鎌倉《かまくら》時代以降、長崎氏がこの地を支配したことで、長崎という地名になったのよ。御朱《ごしゅ》印《いん》船時代、永禄《えいろく》十年（一五六七）に切支丹《キリシタン》の宣教師アルメイダが、領主長崎甚左《じんざ》衛門《えもん》の許しを得て異教の布教を始めたのね。その当時、切支丹は許されていたの。そこで一気に千五百人も信徒が増え、長崎は葡萄牙《ポルトガル》の交易地として栄えた。そんな長崎に葡萄牙の人びとがかの地の南蛮料理や甘味、お酒などを伝えたの。カステイラはその甘味の一つ。大坂中也さん、食べてみる」

「はい」

と空也が答えたとき、丸山からさほど遠くない船大工町《ふなだいくまち》の福砂屋《ふくさや》の前に両人は立っていた。白漆喰《しろしっくい》総二階の堂々とした構えの建物は、異国交易に栄える長崎の歳月が感じられた。

「福砂屋さんですか」

「創業は寛永元年（一六二四）だから、百七十年以上前かしら。福の一字は財の豊かさや道徳の尊びが示されているとも言われるし、また甘味に欠かせない砂糖が福建《ふっけん》産ゆえその福をとったとも言われ、砂は当然砂糖からとったものよね」

麻衣が屋号を解説してくれた。

「唐の国福建産の砂糖を使うことから、福砂屋の屋号が生まれたわけですね」

「まあ、そうね」

ふたりが夕暮れの店前で話していると、

「おや、こんな刻限にどげんしたとね、麻衣さん」

番頭らしい男衆が麻衣に声をかけてきた。

「店仕舞いの刻限が近かね。すまんばってん、この若い衆にカステイラを食べさせてもらえんやろか」

「店先でよかな」

「それでよかと」

番頭が奥に声をかけた。

「福蔵《ふくぞう》さん、長崎奉行松平様のご家来大坂中也さんを紹介しておきまっしょうかね。こん若い衆、丸山の遊女さんよりも食い物に関心があるち言いなると」

「ほう、丸山を訪ねた帰りな。江戸から見えましたと」

「昨日、長崎入りいたしました」

と空也は短く返事をした。

「長崎会所の麻衣さんが、若い衆を連れて長崎の町を案内しとるごたるね。ちゅうことはたい、こん大坂様も麻衣さんと同じお役目な」

「それが剣術好きの変わり者たい。福蔵さんも気楽に付き合ってやってくれんね」

と麻衣が答えたところに、カステイラとお茶が娘たちの手で運ばれてきた。

皿の上に卵の黄身色の南蛮菓子が三つ並んでいた。いかにも優しい黄色から甘味が漂ってくるようだと、空也は思った。

「中也さん、カステイラを食してみんね」

「頂戴します」

皿に載せられたカステイラなる甘味には小さな木包丁がついていた。

「その木包丁で切り分けて食べると食べやすかとよ」

と麻衣が教え、自ら皿を手にして木包丁で切り分けて口に入れた。

中也こと空也も麻衣に倣ってカステイラを食した。

初めて経験する優しくて豊饒《ほうじょう》な風味の甘味だった。

「麻衣さん、これは美味です。かような甘味を食したことはありません。それがしには勿体《もったい》ない味です」

空也がにっこり微笑《ほほえ》んだ。

「それはよかったわ。中也さんは、この福砂屋のカステイラ、最初にだれに食べさせたかね」

と訊いた。しばし間を置いた空也が、

「母に食べさせたいです」

そう応じた空也の胸には、母の顔と渋谷眉月の面影が重なって浮かんでいた。

「あら、引っかからなかったとね。胸のうちには母上様のほかにどなたかいると、この高木麻衣は睨んだと」

と麻衣が笑った。その視線が福砂屋の番頭に向けられて、

「福蔵さん、こん若い衆はこれでなかなかの剣の遣い手とたい。福砂屋さんに御用があったら使うてくれんね」

「長崎奉行松平様のご家来をうちで使えち言いなるな。お奉行様から睨まれようもん」

「この大坂中也さんは剣術にしか関心なかとよ。そんことを承知で、お奉行は江戸から呼ばれたと。最前、福蔵さんが睨んだとおりたい。奉行所の役人さんと違うて、松平様の家来衆、奉行直属の内目付みたいな身分たいね。まあ勝手がきく長崎暮らしたい」

「と、申されてもお侍さんにうちでの仕事はなかよ。それよか会所ならばたい、いくらでん、仕事があろうもん」

と福蔵が言った。

「そうやね、この人の腕は長崎会所向きやろかね」

と応じた麻衣がカステイラを食し終え、茶を喫《きっ》した。

そのとき、唐人と思しき三人が店に入ってきた。

「唐人さん、なんぞ用事ね」

唐人の体から潮の臭いがした。唐船の水夫《かこ》であろうか。だれもが太い腕をして、長衣の下に唐人の剣を帯びていた。

唐人のひとりが早口で福蔵に告げた。福蔵が唐人の言葉でなにかを言い返し、唐人がさらにその言葉に応じた。

その間に麻衣がそっとカステイラ代を盆に載せた。

それを見た唐人が喚《わめ》き声を上げ、福蔵が言い返した。

「カステイラを売れと唐人さんが言いなると。けどもう福砂屋さんは店仕舞いたいね。明日にしてくれんねと福蔵さんが説明したと。けど、うちらが食しておると唐人さんは言い張りなるとたい」

「それがしどもが店仕舞い前に入ったのがいけなかったようですね」

空也はそう察した。

「それがね、ちょっと違うと」

と麻衣が空也に声をひそめて言った。

「どういうことですか」

「ここんところ、唐人さんは夕暮れどきなら町に出てもいいと、会所の頼みで奉行所が黙認しとると。それをいいことにくさ、店の仕舞いの最中に現れて、あれこれ注文し、難癖をつけては金を脅《おど》し取ることが横行しとると」

「この方々もそのような輩だと麻衣さんは申されますか」

「間違いなかろ」

長崎会所の女密偵の判断したことだ。間違いはないのだろう、と空也は思った。

不意に三人のうちのひとりがじろりと麻衣と空也を睨んで言った。

「オマエ、ナニイッタ」

「唐人さん、そちらさんはお客さんたい」

福蔵が口を挟んだ。

空也は、長崎会所の女密偵高木麻衣が得意の堺筒を隠し持っているだろうかと、改めて麻衣の全身を見た。

「今日は、堺筒は持っとらんと」

麻衣が空也の眼差しの意味を察したように言った。

唐人の頭分が麻衣を見た。

「わしらを脅しと決め付けたか」

流暢《りゆうちよう》な和語で麻衣を見た。

「おまえさん、和語をそれだけ上手に話すならばたい、なんで最初から和語で言わんね。魂胆があるのと違うね」

「おもしろい」

唐人三人が麻衣と空也に向き直った。

「騒ぎを起こしたくはないが、致し方ない」

頭分がふたりの仲間に目配せした。

空也は店の隅に心張り棒があるのを目に留めた。

「オマエ、ニゲルカ」

ひとりが長衣の下の青龍刀《せいりゆうとう》の柄にこれみよがしに手をかけて空也に言い放った。

「麻衣さんといると、なにかと騒ぎが起きますね」

空也が思わず麻衣に洩らし、麻衣が唐人の頭に、

「福砂屋さんは脅しには一文のお金も出さんと。そげん商いはしちょらんとよ」

と言い、さらに語を継いだ。

「唐人さん、こん若い衆、長崎奉行所の内目付たい。あんたら、捕まりたくなかろうもん。早よ、船に戻らんね」

唐人三人組の頭分が仲間に命じ、ふたりが長衣の下の青龍刀を抜き放った。

「困るたい、店で暴れんでくれんね」

福蔵が慌てた。

そのとき、空也は心張り棒の一本を手にすると、三人に向き直っていた。

「若造、唐人剣法を甘く見たか」

頭分が叫んだ。

「いえ、この大坂中也、長崎来訪のご挨拶《あいさつ》代わりにお相手を務めます。それでよろしいか」

唐人の頭分も青龍刀を抜くと、三人が空也との間合いを詰めた。

麻衣は最前からカステイラの盆が残る上がり框《かまち》に再び腰をゆっくりと落ち着け、

「福蔵さん、見物たい」

と言ったものだ。一方、福蔵は心配と緊張に引き攣《つ》った顔をしていた。

「麻衣さん、店ば壊されたら会所に請求しますばい」

「まあ、見とらんね」

長崎会所の女密偵も修羅場《しゅらば》をくぐってきていた。唐人三人の腕前を見抜いているのだろう、落ち着いたものだ。茶碗《ちゃわん》を手にすると、

「大坂中也、長崎、初のお披露目《ひろめ》たいね」

と嘯けた。

その直後、三人の唐人が一斉に空也に詰め寄った。

福蔵は三人の唐人の大きな体が長崎奉行所の新参者を囲み、青龍刀で斬《き》りつける瞬間に目を瞑《つむ》った。

悲鳴が聞こえた。

目を開けたとき、唐人三人が店の土間に転がって悶絶していた。

飲み残した茶を喫した麻衣は、

「ご馳走になりました」

と言うと福砂屋の上がり框から立ち上がった。

四

翌未明八つ半（午前三時）、空也は木刀だけを手に長崎奉行所の剣道場に出た。

無論道場は真っ暗で無人であった。

昨日の夕暮れ、福砂屋を出た高木麻衣は、

「中也さん、どうね、長崎会所で夕餉《ゆうげ》を食していかんね」

と誘った。しばし考えた空也は、

「この衣服をお返ししなければなりません。それがしの道中着に着替えたいので、会所に寄らせていただきます」

と会所に立ち寄ることにした。

長崎会所にも大勢の地役人が出入りするゆえ、なかなかの規模の台所と食堂があった。百人以上もの地役人が集《つど》って食せるように、ひとりずつの箱膳《はこぜん》ではなかった。まるで南蛮人のように長い卓がいくつも並んでいて、椅子に座って食していた。

腰掛け式の大きな卓と椅子は、異人の風習を真似たものだろうかと、空也は推量した。

夕餉を食する男衆の中には、ぎやまんの器で赤い色の葡萄酒《ぶどうしゅ》を飲んでいる者もいた。

「おや、麻衣さんがこげんところに姿を見せるなんち、珍しかね」

女衆が麻衣に声をかけた。

「江戸からたい、奉行所に新入りが到着したと。奉行の松平様のご家来たいね。それでくさ、頼まれて今日一日、長崎見物に付き合うたと」

「若かね。めしをよう食べようごたる。好きなだけ食べなっせ。夕餉は南蛮風の煮込みが主菜たい」

と女衆が応じ、麻衣と空也は卓を挟んで向かい合って座った。

地役人は、麻衣と空也の二人に好奇の視線を送りながらも、麻衣に会釈した。だが、直《じか》に声をかける者はいなかった。

「麻衣さんの姓は、会所調役どのと同じですね。縁戚ですか」

「町年寄は叔父にあたるの。私は両親を早くに亡くしたので、叔父の家で育てられたの。堺筒の撃ち方を覚えたのも叔父の家よ。機会があったら叔父の家へ案内するわ」

と言った。

「町年寄というのは会所調役と同じ役職ですか」

「町年寄とか目付とか惣町乙名《そうまちおとな》という身分が長崎の人には馴染みがあるわね。長崎者は今でも町年寄と呼ぶもの。そんな町年寄から会所調役に就《つ》く習わしがあるの。長崎奉行所の命《めい》だと思うわ」

会所調役にして町年寄の高木籐左衛門は、麻衣の父同然の人物ということにな
る。地役人衆が麻衣に気さくに声をかけない理由もそこにあるのだろう。

「麻衣さんは長崎会所のお偉方の血筋というわけですか」

「私は高木家の養女として嫁に行くより会所の影御用を選んだわ。子供のときか
らおてんばだったし、異人たちの暮らしを見て育ったせいかしらね」

と麻衣が言うところに女衆が盆を運んできた。

「おお、これは美味《うま》そうな匂いですね」

空也が皿に盛られた南蛮煮込みや、初めて接する食い物の数々に喜びの声を発
した。

「こん若い衆、長崎の食いもんを見て目ば輝かしとるたい。江戸者にしては変わ
り者たいね。江戸から来た侍は大概くさ、鼻ばつまんで食いきらんとにね」

女衆が空也の反応に驚きを見せた。

「なつさん、この人の食べっぷりを見てみんね、驚くたい」

空也の食いっぷりを承知の麻衣が言った。

「馳走になります」

空也は膳に向かって合掌すると、箸《はし》をとり食し始めた。そうなれば父の磐音同様、周りのことなどまったく気にならない。空也は、南蛮風の菜とめしをもりもり食し始め、結局麻衣のおかずももらって、丼めしを三杯お代わりして満足した。

その様子をかたわらから見ていたなつが、

「よか食いっぷりたいね。江戸者にしちゃ、なかなかの若衆たい」

「おなつさん、これからもこちらにお邪魔するかもしれんけん、そんときはこん人に好きなだけ食べさせてくれんね」

麻衣が会所の台所を仕切るなつに願った。

「名はなんち言いなるな」

「大坂中也でござる」

「長崎のめしはどうな、中也さん」

「それがし、こちらの味はとても好みです」

空也は満足げに言った。

「こりゃ、大物やろか。それともどげんしょもなかただの大食らいか、どっちやろかね」

「なつさん、楽しみにしときない」

麻衣が応じた。

空也は会所の女衆が洗ってくれた道中着を受け取ると、

「本日借用した紋服はどうしましょうか。こちらで着替えますか、それとも明日お返しに上がるほうがよいですか」

「大坂中也は松平石見守様のご家来よ。そんな擦り切れた道中着では奉行所で嫌われるわ。外に出かける折りは必ず着替えて出かけなさい。普段着もなんとかしなければね、見繕《みつくろ》っておくわ」

と麻衣が言った。

「世話をかけます」

「所持金は一朱だったわね」

「長崎に落ち着いたら稼ぎ仕事を見つけます」

「長崎奉行松平石見守様の家来ということを忘れないで」

長崎会所の門まで送ってきた麻衣が、

「この財布に小銭と合わせて五両ほど入っているわ」

と空也の手に持たせた。

「五両もの大金、武者修行のそれがしには無用です」

「大坂中也さん、長崎にいる間は武者修行という言葉を使わないほうがいいわ。あくまで長崎奉行の密偵鵜飼寅吉さんの支配下ということを忘れないで」

「密偵となると、この金子が要りますか」

「改めて言うけど、あなたには、長崎奉行所も長崎会所も恩義があるの。野崎島でマイヤー・ラインハルトを始末してくれた一件と、対馬藩の阿片《あへん》抜け荷の証《あかし》を寅吉さんが入手する手助けをしたことでね」

「あれは」

「尋常勝負なんて言わないで。長崎奉行所の目付衆が辻斬り神父を野崎島で捕縛《ほばく》しようとして、結果、始末したことになっているんだから」

「そういうことですか。それがしにとっては、もはや済んだ話です」

「五両なんて報奨としては少ないくらいよ」

マイヤー・ラインハルトの一件にしても対馬藩の阿片抜け荷騒ぎにしても、空也が知らぬことが多々あると思った。

「麻衣さん、それがしでよければなんでも手伝います」

「必ずそうなると思うわ。大坂中也では対処しきれないことも、坂崎空也ならばできるものね。その代わり、長崎の薩摩屋敷の動きは会所が見張っておくから、酒匂一派が動く前にあなたに知らせるわ」

麻衣は坂崎空也と密約を結ぶことを提案し、空也は承知した。

空也は真っ暗な道場の真ん中に立つと、野太刀流の打ち込み稽古を始めた。空也の張り詰めた神経は無心でありながらも、人の気配に注意を払うことも忘れずにいた。

どれほどの刻《とき》が過ぎたか。

剣道場がわずかに朝の光に白み始めた。

空也は打ち込み稽古をやめると、改めて道場を見回した。二百畳ほどか。立派な見所には神棚があった。

空也は見所の前で座し、拝礼した。

「おお、道場におったか、中也どん」

鶏飼寅吉の声がして振り向くと、稽古着を抱えた長崎奉行所の密偵が道場に入ってきた。

「お早うございます、寅吉様」

「おっ、様付けに呼び方が変わったか」

「それがしの上役にございますれば当然です」

「まあ、その呼び方がいつまで続くか。昨日は会所の女密偵と一緒だったか」

「はい、あちらこちらを案内《あない》してもらいました。ですが、長崎の町は半日では回りきれませんね。最後には会所で夕餉を馳走になりました」

「どうや、異人風の味付けは」

「なかなかの風味で、それがしは大いに満足しました」

「よし、本日はわしが長崎を案内してやろう」

「その前に、まずはその擦り切れた道中着から、この稽古着に着換えてこよ」

と寅吉が言い、
と控え部屋を教えてくれた。

稽古着の空也が道場に戻ると、三十人ほどが体を解《ほぐ》していた。

「おお、中也、こっちに来い」

鵜飼寅吉が見所前に空也を呼んだ。

「おお、この者がお奉行の家来か」

壮年の武士が木刀を手にして、声をかけてきた。

「大坂中也と申します。よろしくご指導のほど願います」

と頭を下げると寅吉が、

「奉行所道場師範の諫山寺《かんざんじ》道幸《みちゆき》様じゃ。役目は目付頭である。おお、そうじゃ、諫山寺様は上泉伊勢守秀綱《かみいずみいせのかみひでつな》直系の新陰《しんかげ》流の免許持ちである。中也、精々稽古をつけてもらえ」

と魂胆がありそうな顔で空也に言った。

「大坂は江戸でなにを学んだな」

「はい、直心影流を」

「なに、直心影流か。なかなか鍛え込んだ体をしておるな」

と空也の五体を見回した諫山寺師範が、

「まず寅吉、そなたが稽古相手を務めよ」

と命じた。

「えっ、それがしがですか。それがし、役目柄、剣術にはあまり縁がないのをご存じでございましょう、師範」

「そのほうの下で御用を務めるのであろう。ならば、お互い手の内を承知しておくほうがよかろう」

諫山寺師範が寅吉に空也の相手をするよう命じた。

「承知しました」

師範の命を受けた寅吉が空也の袖《そで》を引っ張り、

「新入りは見所前で稽古はできん。ほれ、あちらに行くぞ、中也」

と道場の隅に連れていった。そこではまだだれも稽古をしてはいなかった。

「おい、高すっぽ、本気を出すなよ。そなたの一撃をまともに受けたら、わしの体が壊れてしまうわ」

と空也に囁《ささや》いた。

「それでは稽古になりません」

「馬鹿をぬかせ。そなたの正体が知れてもよいのか」

「それがしは武者修行中の身です。稽古で手を抜くことはいたしません」

「あのな、四つ（午前十時）時分になると福岡藩黒田家や佐賀藩鍋島家の警護方衆が姿を見せることがある。真剣に稽古したければ、その者たちとやれ」

「いえ、まず上役の鵜飼寅吉様のご指導を受けたく思います」

「そなた、わしへの恩義を忘れてはおるまいな」

「朝鮮帆船イルソン号に乗り組んで阿片を手に入れるのを手助けいたしましたぞ。恩義はございますまい」

「壱岐まで送っていったではないか」

空也と稽古をすることを避けようと寅吉が必死であれこれ抗弁していると、

「おい、鵜飼寅吉、大坂中也、そなたら、なにをごちゃごちゃ言うておる。道場に遊びに参ったか。稽古をいたせ」

見所から諫山寺師範の大声が響いてきた。

「は、はい。諫山寺師範、ただ今、稽古の手順を新入りに懇々《こんこん》と説明していたところです。これから実戦さながらの稽古を始めますぞ」

と答えた鵜飼寅吉が木刀を構えて、

「よいな、中也、本気を出すでないぞ」

と改めて宣告すると、

「いざ、参れ」

と木刀を中段に構えて空也を見た。

構えから見て鵜飼寅吉はそこそこの剣の遣い手と思えた。

「ご指導、お願い申します」

と空也が言い、正眼に木刀を構えた。

いつの間にか長崎奉行所の剣道場では五十人ほどの者たちが木刀で立ち合い稽

古を始めていた。空也と寅吉もそんな稽古の中に紛れて、木刀を打ち合わせた。

「おお、手が痺《しび》れるぞ。もそっと力を抜け」

と寅吉が空也に言い、

「木刀を持ってられん」

とさらに訴えた。

空也は力をさらに抜いて一見激しく寅吉と打ち合う様子を見せた。

「なんじゃ、中也、その程度のものか。もそっと激しく参れ」

本心とは裏腹なことを叫んだかと思うと、寅吉が空也の木刀に自分の木刀を絡ませるように身を寄せ、

「おい、本気は出すなと言うたぞ」

「本気など出しておりません」

「そなたの馬鹿力は朝鮮人剣士の李智幹一派も手に負えなかったほどじゃぞ。恩人に対してなんたる所業か」

寅吉は木刀を空也のそれに絡ませたまま、

「おい、李智幹老師を斃したと言うたが、やつらは黙って引き下がったのか」

と訊いた。

空也も寅吉と真剣に稽古はできないと悟っていた。時が経《た》って稽古相手が替わるのを待つしかあるまい、と考えていた。

「いえ、老師の残党に襲われました」

「なにっ」

寅吉が木刀を引いて空也に質した。

「李智幹の残党に襲われたというのか」

空也がこくりと頷いた。

「ふうっ」

と息を吐いた寅吉が板壁に寄り、ぺたりと座った。致し方なく空也も寅吉に歩み寄った。

「おぬし、あの伝説の李老師を斃し、残党も始末したか」

「すべて勝負は時の運、寸毫《すんごう》の差にて決着しました」

「まさかのう」

寅吉が嘆息したとき、ふたりのそばに師範の諫山寺が立った。

「鵜飼寅吉、いくら奉行所の密偵といえども、武士の表芸の剣術をないがしろにしてどうする。そなた、新入りを持て余して喋《しゃべ》ってばかりいたのう。どういうことか」

よろよろと立ち上がった寅吉が、

「師範、それがし、この者の腕前を偶然にも承知なのです。それがしの腕ではとても太刀打ちできません」

と正直に告げた。

「この大坂中也は一昨日江戸から長崎入りしたばかりではないか。江戸でこの者を承知か」

いえ、と寅吉がしばし間を置いた。

諫山寺師範に得心させるにはどう言えばよいか、寅吉は頭の中で考えを巡らせていた。

「師範、それがしが過日、対馬に御用で行ったのを承知ですな」

「おお、対馬藩の阿片抜け荷の一件を探索するためではなかったか」

さすがは長崎奉行所目付頭の諫山寺、密偵鵜飼寅吉の探索を承知していた。

「あの折り、江戸から対馬藩に潜り込んでいた大坂中也と落ち合っていたのでございますよ」

「おお、そのほうが対馬の阿片抜け荷の証をしかと押さえたとお奉行から聞いたが、この大坂中也の助けがあってのことか」

「はい。ここからは目付頭といえどもご存じございますまい。ゆえに奉行所内でも他言は無用にしてくだされ」

「話せ」

「対馬藩の取り引き相手に、朝鮮人剣士李智幹老師一派が従うておりました」

「おお、高麗《こうらい》の伝説の剣客じゃな」

「はい。あの老剣客をこの大坂中也が斃したのでござる。ゆえにそれがし、手柄を立てることができました」

諫山寺がしばし沈黙し、空也を見た。

「なんと、この大坂中也が李老師に勝ちを得たというか」

空也は鵜飼寅吉の即興話に呆れて、ただ黙っていた。

そのとき、長崎奉行所剣道場に新たな面々が姿を見せて、剣道場の様子ががらりと変わった。

第三章　新蔵の迷い

一

同じ頃、長崎から陸路三百三十二里、海路四百七十里余離れた江戸の三十間堀三原橋近くの野太刀流道場では、薬丸新蔵改め兼武の指導のもと、十人ほどの若者が打ち込み稽古をなしていた。

十人とは中川英次郎ら尚武館道場の若手たちだ。

「もそっと腰を入れて叩け。よいか、地面を叩き割る勢いで振り下ろさんね」

新蔵がいつもの厳しい薩摩弁ではなく、優しい口調で手本を見せた。

土間に砂が撒《ま》かれた道場に木の束で造られたタテギが置かれ、新蔵がその前で続け打ちを見せた。するとタテギがゆさゆさと揺れた。

英次郎らは直心影流と異なる稽古の方法に戸惑いながらも、虚空に向かって木刀を振り下ろした。だが、新蔵の木刀の動きと力強さとは比べようもなかった。

英次郎らはまず、右足を前に踏み出し左足を後ろに引いて腰を沈める構え自体が取れなかった。それはそうだろう。

「朝に三千、夕べに八千」

の続け打ちを何年も繰り返す薩摩武術と、中段に木刀を置く東国剣法とはまったく異なっていた。

英次郎は、空也がこの薩摩剣法を会得していると新蔵に聞いて、最初は信じることができなかった。だが、新蔵の続け打ちを見ているうちにその動きが空也の動きと重なってきた。

英次郎よりさらに若い佐竹美樹五郎《さたけみきごろう》がよろめき始めた。

「こんくらいの稽古についてこれんでどうすっとか」

新蔵が怒鳴った。

英次郎らは磐音に言われて、このところ薬丸新蔵の野太刀流道場に出稽古に来ていた。

磐音は英次郎らに、

「薬丸道場に出稽古に行ってみぬか。他流の稽古をなすのは悪いことではござらぬ。いやむしろ、そなたらにとってよき経験となろう」

と命じたからだ。

英次郎は磐音の真意を読み取り、美樹五郎らを伴い、野太刀流道場に足繁く通っていた。

磐音は新蔵の道場にひとりとして入門者がいないことを気にかけ、英次郎らを三十間堀に送り込み、景気をつけさせようとしたのだ。

「きついな」

美樹五郎が音《ね》を上げた。

それでも最初の頃の稽古に比べると、続け打ちがそれなりにできるようになっていた。だが、新蔵のような際限ない続け打ちなど不可能なことだった。

道場の玄関に人の気配がした。

「おお、稽古はどげんな」

姿を見せたのは、尚武館小梅村道場の小田平助と品川柳次郎、武左衛門の三人だった。

神保小路の若手連が野太刀流道場に出稽古に行っていると聞いた小田平助が、

道場主の田丸輝信に許しを得て、三十間堀を訪れることにしたのだ。すると居合わせた柳次郎と武左衛門が、

「それがしも覗いてみよう」

「ならば、柳次郎、わしも久しぶりにあの薩摩っぽの顔を見物しに参ろう」

と言い出したのだ。

「おお、小梅村の師匠らのお出ましか」

美樹五郎が稽古を休む口実ができたとばかりに迎えに出た。

「美樹五郎さん、こちらの師匠は薬丸新蔵どんたい。許しを得たね」

「許しとはなんでございますか、小田様」

「決まっておろうが。薩摩っぽ師匠の許しがなければ稽古をやめてはならぬと平助さんが言うておるのだ。この武左衛門が小梅村からわざわざ出張《でば》ってきたからには、おぬしら、怠けるなど許さんぞ」

武左衛門が道場を見回し、

「うむ、やはり板張りではないのか、砂地での稽古はきつかろうな」

と、その昔は二本差しだった時代を懐かしむように言い添えた。

「武左衛門どん、昔を思い出して稽古をしてみんね」

「新蔵どん、わしはもはや隠居の身じゃ。新蔵どんの稽古についていけるものか。わしはな、おぬしの道場が未だ一人《いちにん》の門弟もおらぬと聞いたで、枯れ木も山の賑《にぎ》わいとばかり、われら年寄り三人で顔を出しただけじゃ。なんなら表に出て弟子入りせぬかと声をかけてこようか」

「武左衛門の旦那《だんな》、新蔵どのは商人ではない。呼び込みなどしたら薬丸新蔵の面《めん》目《ぼく》が立たぬ」

柳次郎が、表に出ていきかねない本気顔の武左衛門を引き止めた。

「なりふり構わぬくらいせぬと、この江戸では門弟など集まるまいが。東国剣術はかっこつけが多いからな」

武左衛門が新蔵を見た。

新蔵は、英次郎らが出稽古に姿を見せるようになったのが磐音の命であることも、また小田平助らが道場を案じていることも承知していた。

「まあ、ここは辛抱我慢ばい。新蔵どんの力があれば、そのうち大勢の門弟が必ず入門してくるばい」

と平助が言ったところに、玄関から、

「頼もう」

の声がした。

「おお、門弟志願か」

「いや、道場破りではないか」

武左衛門と柳次郎が言い合った。

「わしが見てこよう」

小田平助が玄関に向かった。すると浪々の武術家と思える三人組が旅姿の形《なり》で立っていた。

まだ春だというのに真っ黒に日焼けした面構えは、どう見ても尋常な剣術家ではなさそうに思えた。径の太い木刀をこれ見よがしに手に携えていた。もはやお里は知れたと平助は思った。

「なにか用ね」

「われら、武者修行中の者である。この道場は新たに看板を掲げたと聞いたで、一手御指南を願おうと思い、参った次第」

三人組の頭分の髭面の大男が平助に応じた。

「入門志願じゃなかとね」

「師匠の腕を見て考えんでもない」

しばし三人の挙動を見ていた平助が、

「道場破りならばやめといたほうがよかろ」

とぼそりと呟いた。

「そのほう、門番だな。われらの腕を侮《あなど》っておるな」

「わしゃ、門番ではなかと。まあ、それはよか。こん道場の主どんは貧乏ばい。道場破りを願うても鼻血も出んと」

「なに、金がないというか。ならばこの道場をわれらの江戸の塒《ねぐら》にしてもよい」

「なに、新蔵どんに、開いたばかりの道場を賭けて勝負せよと言いなるな。それで、あんたさん方はこん道場に見合う金子は持っとるな」

平助が質した。

「門番爺め、われらの懐を案じておるか。金子は持っておる。だがな、金子を見せる要もなかろう」

ふたりが平助のかたわらを抜けて土足のまま土間道場に入った。

「なんだ、この道場は床張りではないぞ、北村氏《きたむらうじ》」

とひとりが玄関先に残った頭分を振り返った。

「薩摩剣法は裸足でな、土間のような砂地で稽古すると聞いたことがある。どれ、見てみようか」

北村と呼ばれた頭分が平助の横を通り抜けようとした。

「北村どん、気をつけない。薩摩剣法は東国剣法と勝手が違うばい。そん上、巌しかと。あんたら、腕の一本や二本失う覚悟があるな」

「爺め、言わせておけば好き放題ぬかしおって。われらの道場となった折りは、門番として雇うてやるかどうか、わしの裁量次第ぞ。言葉に気をつけよ」

「ほうほう、面白かね。ならば道場に入らんね」

平助が北村某の道場入りを許し、

「新蔵どん、道場破りばい。どげんするな」

と新蔵に尋ねた。

「小田平助どの、どげんしたもんやろか」

新蔵は尚武館小梅村道場に出入りする武左衛門や柳次郎の気性をとくと承知していたので、わざと尋ね返した。

「まあ、道場破りを打ち負かしたとなればくさ、道場の名が少しは広まろうたい。そこそこに懲らしめてやんない」

と平助が言い、

「よし、ならばわしが知り合いの読売屋に頼んでな、『薬丸道場に道場破りあらわる』と、経緯と結末を書かせてもよいぞ」

と武左衛門が平助の言葉に乗った。

「ならば体を動かそうかね。こんところ鬱々《うつうつ》しとったと」

「そうそう、気分を変えるには手頃の相手。いや、もの足りんかもしれんたい」

平助の西国訛《なま》りを真似た武左衛門が応じた。

問答を聞いていた英次郎らは、さっさと土間道場の板壁に下がった。

「お三方、念のため注意しておこう」

品川柳次郎が三人組に話しかけた。

「この道場主薬丸新蔵どのは、いや待て、薬丸兼武どのであったかな。まあどちらでもよいが、小田平助どのが申したとおり東国剣法とは違うてな、厳しい。われら、そのことをとくと承知しておるゆえ、念のためご注意申し上げる」

「ぐだぐだぬかすでない。われら、諸国を漫遊してきた歴戦の兵《つわもの》じゃ。それ以上の能書きは要らぬ」

北村某が言い放った。

「致し方ないな。英次郎どの、タテギを片付けなされ」

柳次郎に促されて英次郎らがタテギを壁際に移動させた。

「おいが薬丸兼武じゃっど」

と名乗った新蔵が柞《ゆす》の木刀《ぼっと》を手にした。

「おい、それが木刀か。薩摩は田舎《いなか》剣法と聞いたが、木の枝に手も加えん棒きれを木刀と呼ぶか。呆れたな」

とひとりがぼそりと言った。

「木刀勝負でよかね」

「構わん。じゃが、われらの赤樫《あかがし》の木刀の一撃に、棒きれなど真っ二つに折れ飛ぶぞ」

「試してみっか。見かけより柞の木刀は強うごわんど」

もう一本柞の木刀を手にした。

「おい、そなたら、だれが一番手な。いや、三人一緒に新蔵どんと打ち合うほうがよかろうな」

武左衛門が勝手に、新蔵対道場破り三人の対戦を決めた。

「おのれ、この道場のやつら、礼儀も知らぬばかりかわれらの腕前も嘲《あざけ》りおるぞ」

「礼儀に腕前な、わしはおぬしらの身を案じてそう言うただけじゃ、親切心だぞ」

武左衛門が嗾け、新蔵を見た。

「よいな、三人ひとまとめで」

「武左衛門どん、あいがて」

と礼を述べた新蔵が三人の前で蹲踞《そんきょ》の姿勢をとると、するすると後ずさりして間を開けた。

「逃げるか」

三人が木刀を構えた。

その瞬間、新蔵が柞の木刀を右耳の横から天を突くように垂直に持ち上げた。

英次郎は、いつ見ても新蔵の右蜻蛉《とんぼ》の構えは美しいと思った。だが、この美しい構えのあとに凄まじい斬撃が待っていることを、小梅村での稽古を見て承知していた。

「抜かるな」

「おう」

と言い合った三人が先手を取るように踏み込もうとした。

だが、新蔵の運歩《うんぽ》が寸毫《すんごう》早くするすると始まり、北村某に狙いを定めた新蔵が一気に間合いに入ると、蜻蛉の構えから振り下ろした。北村は思いもかけない攻

撃に木刀で新蔵の柞の棒きれを叩き落とそうとした。だが、その直後に、
がつん
と音が響いて木刀が折れ、さらに肩口を叩かれてその場に押し潰された。

残るふたりが新蔵の迅速な打突《だとつ》に言葉を失っていると、新蔵の木刀が翻り、胴を殴りつけて土間の隅に吹き飛ばしていた。

一瞬だった。

勝負の経過もなにもなかった。

英次郎は初めて新蔵の立ち合いを見て、

(空也様もこの速さの攻めを会得しているのか)

と驚きの想いで、空也のただ今の技量を考えていた。

「新蔵どん、これでは読売に書けんぞ。もう少し手加減できなかったのか」

と武左衛門が新蔵に文句をつけた。

「武左衛門どん、おいは十分手加減したと。これ以上どもできんが」

と新蔵が言い訳した。

一番手の北村某は悶絶していた。だが、胴を叩かれた最後の両人は、なんとか気絶せずに済んでいた。

「おい、どんな気分だ」

武左衛門が尋ねた。

「い、息ができん」

「骨が折れたようだ」

と苦悶《くもん》の表情で言った。

「馬鹿ぬかせ。新蔵どんはこれ以上ないほど手加減したと言うておるぞ。そなたら、道場破りで負けたのだ。有り金を出せ」

「われら、銭の持ち合わせなどない。こ、この近くで道場が開いたというから、た、試しに押しかけた、だけだ」

「なに、一文なしか」

と応じた武左衛門が、

「おい、おぬしらの頭分の北村はなんという名だ。ついでに生国と流儀を教えよ」

「な、なにをする気だ」

「読売に書くのに名無し、生国も流儀も分からずでは売り込めまい。それともそなたらから姓名と生国、流儀を話すか」

「わ、われらの名は勘弁願いたい」

「ならば北村の名はなんだ」

「き、北村強右衛門恒忠《きょうえもんつねただ》にござる。出は常陸《ひたち》の牛久《うしく》城下、流儀は鹿島神道流《かしましんどう》の免許持ちを自慢していた。されど真偽のほどは知らぬ」

とひとりがようようこれだけの言葉を武左衛門に洩らした。

「柳次郎、覚えたな」

「なんだ、旦那。ほんとうに読売屋に売り込むつもりか」

「当たり前だ。道場を開いたはいいが、黙っていても門弟が集まってくる道場などどこにあるか。野太刀流薬丸新蔵、いや薬丸兼武の名を江都《こうと》に広めるには読売を使わん手はあるまい」

「まあな」

と答えた柳次郎が、

「旦那、知り合いの読売屋がおるのか」

「柳次郎、そなた、何年今津屋《いまづや》に出入りしておる。老分《ろうぶん》番頭の由蔵《よしぞう》どのに相談すれば、読売屋の一軒や二軒、たちどころに口を利いてくれよう」

「なんだ、旦那は最初から今津屋を当てにしておったのか」

「おお、神保小路の道場主がな、自分の門弟を出稽古に行かせておると聞いて、わしが考えたのは読売を使う手よ。そこへまあ、都合よくこの三人が飛び込んできてくれたのだ。こやつらを使わぬ手はあるまい」

「旦那はこういうことになると、悪知恵が働くな」

柳次郎が呆れ顔で武左衛門を見た。

「おい、新蔵どん、二、三日待て。さすればこの道場に入門したいという者がわんさか訪れるぞ」

「そげんことが起ころうか」

新蔵は武左衛門の言葉をまったく信じているふうもなく首を傾げた。

「品川さんや、こりゃ、武左衛門さんの知恵が当たるかもしれんたい」

平助も珍しく武左衛門の策に賛意を示した。

「よし、だれか矢立《やたて》を持たぬか」

柳次郎が英次郎らを振り返った。

「それがしが記憶しましょう」

英次郎が請《う》け合った。

「よし、英次郎さん、少し待て」

今度は柳次郎が張り切って、

「そなたら、これまで何度道場破りをした」

「三度にござる」

「どこも勝ちを得たな」

「は、はい」

と答えた道場破りのひとりが、

「それがし、骨が折れておりませぬか。い、医者を、医者を呼んでくだされ」

と願った。

「馬鹿をぬかせ。それだけ話せれば骨など折れておらぬ。ただし北村強右衛門は肩の骨が砕けておるな。そなたが早く話せば、それだけ北村を早く医者のところに担ぎ込むことができるぞ」

「わ、われらがでございますか」

「当たり前だ。で、最初の道場はどこであった、道場の場所だ」

と柳次郎が根掘り葉掘り聞き出したのち、道場破りの三人は野太刀流道場から追い出された。

「よし、今津屋に参ろうか」

と武左衛門が言い、

「おお、中川英次郎、そなたもわれらに同道せよ。読売屋に述べるのはそなたの役目だ」

と英次郎を見た。

二

坂崎空也の前に一人《いちにん》の福岡藩黒田家藩士が立った。

「大坂中也どの、稽古を所望しとうございます」

両者は顔を見合わせた。空也は表情を変えることなく言った。

「こちらこそお願いいたします」

長崎奉行所の剣道場に出稽古に来た黒田家藩士は、長崎警護のために派遣された一人《いちにん》だった。

ふたりは一礼すると互いに正眼に構えを取り、一瞬後、打ち合いを始めた。

相手は空也より十二、三歳年上だった。ふたりは阿吽《あうん》の呼吸で攻守を替えながら四半刻ほど打ち合いを続け、相手の息が荒くなったとき、空也は木刀を引いた。

「ご指導有難うございました」

一礼した空也に相手も会釈し、近付いた。

「それがし、久しぶりによい汗をかきました」

と言いながら空也の手にそっと紙片を握らせ、仲間たちが待つ壁際に戻っていった。

その相手は空也が知る人物であった。
四、五年前、福岡藩の参勤上番《じょうばん》に従って江戸に滞在し、その折り、神保小路の尚武館道場に通っていた堂南健吾《どうなんけんご》であった。
堂南と空也の間には十以上の年齢差があり、対等の稽古をなしたことはなかった。だが、同じ尚武館の気風に染まり、汗を流しあった同門の士だ。当然お互いの顔は承知していた。まして空也は道場主の嫡男だ、知らぬはずはなかった。

堂南に江戸の尚武館道場を紹介したのは、福岡藩剣術指南にして空也の兄貴分ともいえる松平辰平《まつだいらたつぺい》だったと記憶していた。堂南は坂崎空也が豊後関前から武者修行に出たことはおそらく承知であろう。だが、その後のことは国許《くにもと》に戻った堂南が知る由もないと思えた。だが、長崎奉行所で会った六尺豊かな若者が、武者修行の歳月を重ねて成長した空也だと見間違えるはずがなかった。空也が大坂中也などという偽名を使っていることに不審を抱いた堂南は、稽古相手に空也を願って、紙片を渡す機会を狙っていたと思えた。

長崎奉行所の稽古は昼前に終わり、出稽古に訪れていた福岡藩をはじめとする大名家の藩士は姿を消した。

空也は今朝の稽古では七分の力で打ち合って終えていた。

「どうだ、中也、長崎奉行所の稽古では生温《なまぬる》くて満足しまい」

鵜飼寅吉が空也に声をかけた。

「いえ、久しぶりに多彩な人士に打ち合いを付き合うていただき、心地よい汗をかきました」

「まあ、おいおいそなたと対等に打ち合える相手を見つけるのじゃな」

と言った寅吉が、

「湯に参ろうか」

と誘《いざな》った。

空也は寅吉の誘いに素直に従った。

長崎奉行所の湯殿は大勢が一度に入っても十分な広さだった。かけ湯を使い、湯船に落ち着いた寅吉が空也に囁いた。

「そなたを承知の黒田家の藩士がおられたようだな」

空也が寅吉を見た。

「大した話ではないわ。あのお方がわしにな、『あの若い衆は奉行所の新入りですか』と尋ねられたのだ。それでわしが長崎奉行松平石見守様の家臣大坂中也だと答えると、『さようでしたか、いえ、知り合いのお方に似ておりましたが、人違いでした』と答えおった。だが、あの打ち合いを見て、黒田家藩士とそなたは顔見知りと察したのだ」

「そうでしたか」

と空也は答えた。だが、それ以上の説明を寅吉にすることはなかった。

空也は、長崎に来る前から、松平辰平が仕官した福岡藩黒田家が長崎警護を務めている以上、空也を承知の者がこの地にいるとしても不思議ではないと思っていた。なぜならば尚武館道場にはそれなりの人数の江戸藩邸在勤の福岡藩士が稽古に来ていたからだ。だが、長崎奉行所剣道場での稽古を始めた初日に、堂南健吾に会うとは考えもしなかった。

これで大坂中也の正体を知る者は、長崎で何人になったのか。もはや七、八人を超えているはずだ。となると松平石見守の家臣という身分と偽名が長崎で通用しなくなるのは、そう遠い日ではないように思えた。空也は長崎入りの折りの、

「用心はするが、酒匂一派から逃げ回ることはすまい」

との考えを貫くだけだと、改めて覚悟した。

脱衣場に上がると湯の番の男衆が、

「大坂様でございますな。長崎会所から着替えが届いておりますたい」

と風呂敷包みを渡した。どうやら高木麻衣から届いたようだ。

「有難うございます」

「なんだ、あの堺筒の女子に気に入られたか」

鵜飼寅吉が空也に言った。

「それがしの道中着は洗うてもらいました。それで普段着を用意してくださったのだと思います」

「そなたの真の後ろ盾《だて》は奉行所より会所のようだな。まあ、あちらのほうが金回りは潤沢ゆえ、長崎で暮らす間、そなたが暮らしに難儀することはあるまい。そのうち、会所から御用が舞い込むやもしれぬ。遠慮なく衣服くらい頂戴しておけ。ついでに幕臣のそれがしの面倒も頼もう」

と寅吉が皮肉を言った。

「鵜飼寅吉どの、それがしが松平様の家臣であることをお忘れなく」

「それは承知だ。そなたの背後には奉行所と会所のほか、福岡藩も控えているようだな。となると、軽々に薩摩の連中も手を出せまい。よし、さっぱりしたところで朝餉《あさげ》を食しに参るぞ。会所のめしとは雲泥の差だがな、我慢せえ」

寅吉が言った。

この日、朝餉を終えた空也は長屋に戻り、文《ふみ》を認《したた》めることにした。筆、硯《すずり》、墨に巻紙は寅吉がどこからか都合してくれた。

一通は江戸の身内に宛て近況を伝えるものだった。その中で、長崎奉行松平石見守の家臣大坂中也という偽名で、しばらくは長崎に逗留することになった経緯を認めた。

空也はまた長崎会所の高木麻衣に望海楼へ案内され、大女将のおからと当代の女将に会ったことだけを認めた。父には、この一条だけで意が伝わると思ったからだ。

だが、一方で長崎奉行所の剣道場で福岡藩黒田家の堂南健吾に会い、木刀を交えた話は記さなかった。ふたりだけで会い、話をなしてからでも遅くないと思ったからだ。

もう一通は薩摩の麓館《ふもとやかた》渋谷重兼《しげかね》に宛てたものだった。そして、この重兼への文の中に孫娘の眉月に宛てた文を同梱《どうこん》した。こちらにも長崎奉行松平石見守の家臣大坂中也として長崎に逗留していることを認めた。

眉月には、長崎の町は鹿児島ほど大きな町ではないが、内海を囲む山並みの下に広がる湊町《みなとまち》は異国情緒が漂う魅惑的な佇まいだとその印象を認めた。そして、時が許すかぎり長崎で剣術修行をなすことを伝えた。

寅吉に飛脚屋を尋ねると、

「おい、そなた、持ち金は一朱しかないと言わなかったか。江戸宛ての文ならば、奉行所の御用嚢に載せる手配をしてやる。こちらのほうが無料のうえ、早く江戸へ着くからな」

と空也が認めた文を受け取った。

「そちらの文は江戸宛てではないのか」

「違います。こちらはなんとかいたします」

「ふーん、長崎会所に頼み込むか」

と寅吉が言った。

「まあ、そんなところです」

「中也、町歩きに出るのか。わしが案内しようか」

「いえ、ぶらりとひとり歩きをして、長崎の町に少しでも慣れるつもりです」

と寅吉に断わった空也は、大小を腰に差して長崎奉行所立山役所の門を出た。


刻限は八つ半（午後三時）前と思えた。

空也は、阿蘭陀屋敷のある出島の前に立ってみた。

潮風に混じって異人の料理の香りが漂ってきた。門内には見たこともない犬や鶏が勝手に歩き回っているのが見えた。

空也は門前で四半刻ほど篠山小太郎が姿を見せるのを待ったが、小太郎が現れる気配はなかった。それに出島の門番が空也の態度を気にする様子があった。

また明日来てみようと、空也は出島の橋前から、ぶらりぶらりと江戸町へと入り、通りがかりの土地の人間と思える男衆に飛脚屋の場所を訊いた。

「飛脚屋なら、一丁ほど行った左手にちりんちりんと風鈴が鳴っとるたい、そこが町飛脚の長崎飛脚問屋たい」

と教えてくれた。

空也が礼を述べて歩いていくと、確かにぎやまんの風鈴がちりんちりんと看板代わりに鳴っていた。

「ご免」

と空也が店に入ると、

「飛脚の御用でございますな」

番頭と思しき男が、異国風の椅子式の帳場格子から声をかけた。

「書状一通を願いたい」

「江戸宛てですな」

「いや、江戸に宛てたものは奉行所の御用嚢に入れてもらいました」

「おや、お侍さんは長崎奉行所のお方でしたか」

「松平様の家臣です。江戸より着任したばかりで未だ勝手が分かりません」

「長崎は初めてですな」

「はい」

「ならば高い値は取れませんな。どちらに宛てた書状ですな」

「薩摩です」

「鹿児島城下ですか」

「いや、こちらが宛て先と受取人の名です」

空也は、麓館の渋谷重兼に宛てた書状を見せた。

「渋谷重兼様は島津様の先代重豪《しげひで》様の重臣であった人と違うな」

さすがに長崎の飛脚問屋だ。西国雄藩薩摩の重臣だった渋谷重兼の名を承知していた。

「いかにもさようです」

「ならば薩摩屋敷に頼まれたほうがよかと違いますな」

と番頭が言った。

「いや、これは私信です。ゆえにこちらでお願いしたい」

「薩摩の渋谷様の麓館はたい、たしか菱刈郡《ひしかりごおり》やったね」

「いかにもさよう」

「文が着くのは船次第やけんね、川内川河口《せんだいがわ》の京泊《きょうどまり》までの船便次第でたい、あとは徒歩飛脚じゃけん、十数日は見てくれんね」

「相分かりました。飛脚賃はいかほどかな」

「一分二朱は頂戴しとうございますと。ばってん長崎奉行松平様のご家来の文にそげん金は請求しきらんたい。一分頂戴いたしましょ」

と長崎飛脚問屋の番頭が言った。

昨日、高木麻衣から五両を受け取っていなければ恥をかくところだったが、懐が豊かなせいで空也は鷹揚《おうよう》に一両を出し、釣銭を貰《もら》った。

渋谷重兼と眉月に文を出したせいか、空也の気分は軽やかになった。

(さて、残るは堂南様との落ち合い先か)

「番頭どの、唐寺《とうでら》の崇福寺《そうふくじ》へ行くにはどう参ればよかろうか」

「おや、唐寺見物ですな。この道沿いに橋ば二つ三つ渡りない。左手に唐寺が並んどるたい。坂道ば上ってな、そん突き当たりが崇福寺たい」

とえらく大雑把な行き方を空也に教えてくれた。

格別に急ぐ要はなかった。

堂南の紙片には奉行所道場で走り書きしたらしく、

「本日七つ半(午後五時)、唐寺崇福寺で会いたし、堂南」

とあった。

空也の本名も偽名も認められてはいなかった。

長崎飛脚問屋の番頭の指示に従い、道沿いの川に架《か》かる三本の橋を空也は渡った。するとなんとなく寺町らしい町並みになってきた。

堂南健吾が落ち合い先に指名した寺は、

〈聖寿山《しょうじゅさん》崇福寺は大光寺《だいこうじ》の左にあり。臨済宗黄檗派《りんざいしゅうおうばく》の禅寺なり。唐僧超然《ちょうねん》の開基にして境内七千八百六十六坪余あり〉

と『長崎名勝図絵』に認められた名刹《めいさつ》であった。

崇福寺の別名を「福州寺《ふくしゅうでら》」ともいう。

福州から渡来した人々の菩提寺《ぼだいじ》だからこう呼ばれるのだ。

空也は未だ長崎の唐人事情をなにも知らなかったが、肥前長崎の華僑《かきょう》は福州の出身者が多かったのだ。

空也はその界隈で、往来する人に一度訊いただけで、崇福寺の門前に立っていた。

寛永六年（一六二九）に建てられた崇福寺の三門は、空也が絵で見た竜宮城の楼門そっくりに見えた。

空也は堂南が指定した七つ半にはだいぶ早いなと思ったが、三門を入り、石段を上がった。すると第一峰門《だいいっぽうもん》が空也を出迎えた。この峰門は長崎渡来の福州人が故郷で材を選び、切り込んで船で長崎に運び、組み立てたものだ。

和国の寺とは異なり、極彩色の美しい門であった。

空也は本殿の大雄宝殿《だいゆうほうでん》の前に立ち、合掌した。

「空也どの」

とその背に声がかかった。

堂南健吾の声だった。

「一別以来、何年ぶりでしょうか。いやはや偉丈夫《いじょうふ》に育たれましたな。武者修行の厳しさが偲ばれます」

「最前は失礼をいたしました」

空也は偽名で応対したことを詫びた。

「いえ、空也どのが本気を出しておられれば、それがしなどただ今この場に立っていられなかったでしょう」

堂南は空也の詫びの言葉を取り違えて受け止めていた。

「いえ、久しぶりに稽古をした気分でございました」

「この境内《けいだい》に茶屋があります。そちらで話を聞かせてくだされ」

と堂南健吾が言った。

空也は頷くと、同門の先輩に従って崇福寺の茶屋の縁台に向かい合って座った。

「それがしの知る空也どのは十四、五歳であったでしょうか。豊後関前藩から武者修行に発たれたと松平辰平どのから聞いておりました。何年になりますかな」

「十六で旅に出て、ただ今十九です」

「なんと足掛け四年も武者修行を続けておられますか」

と驚きの表情を見せた堂南が、

「武者修行に出られた空也どのが、なぜ長崎奉行松平様家臣の大坂中也と名乗っておられますかな。それがしにその理由を聞かせてもらえませぬか。もし他言無用と申されるならば、それがしの肚《はら》に納めます」

と言い切った。

和国の茶とはいささか香りが異なる茶と月餅《げっぺい》なる甘味がふたりに供された。

「堂南様、話が長くなります。よろしゅうございますか」

空也の言葉に堂南が首肯《しゅこう》した。

武者修行の最初の目的が薩摩入りであったこと、そして、死を覚悟した国境越えのあと、薩摩の島津重豪の重臣であった人物の助けで、二年近く薩摩剣法を学んだこと、藩主島津齊宣《なりのぶ》が見守る具足開《ぐそくびら》きで、薩摩剣法の若い武芸者薬丸新蔵と立ち合い稽古を披露したことで東郷示現流、なかんずく高弟の酒匂兵衛入道一派の怒りを買い、薬丸新蔵も空也も酒匂一派の追っ手による報復を余儀なくされたことなどを順序立てて話した。そして空也は、無益な戦いを避けるため、福江から対馬、平戸と島巡りをしてきたことなどを語った。だが、島巡りの中で関わった辻斬り神父マイヤー・ラインハルトや朝鮮人の李智幹老師との勝負については触れなかった。

堂南健吾はしばらく沈黙していたが、

「なんという武者修行にござろうか」

と呟いた。

「空也どのは、薩摩の剣豪酒匂兵衛入道と三男の参兵衛どのと戦い、勝ちを得られたか」

と念押しした。

「堂南様、尋常勝負はどれも紙一重《かみひとえ》の差にございました」

「それにしてもなんという修行の旅か」

と呻《うめ》いた堂南が、

「この長崎に薩摩屋敷があるのを承知ですな」

「はい。ゆえに奉行の松平様が酒匂一派を無益に騒がさぬよう、長崎にいる間は大坂中也の名で過ごせ、との指図にございまして、それがしも受け入れました」

と空也が応じた。

「空也どの、それでも薩摩は、必ずや近い将来大坂中也の正体を知ることになるでしょう」

と堂南が言い切った。

「長崎を出よと堂南様はおっしゃいますか」

「いえ、そうは申しません。なぜならば坂崎空也どのにはなんら恥ずべきところがないからです」

と言い切った堂南に茶屋の女衆が店仕舞いを告げた。

「空也どの、こんどは、それがしの話を聞いてくだされ。そのためにもう一軒お付き合いを願いましょうか」

と堂南健吾が空也に言った。

三

長崎で単に「唐人」と呼ばれるのは明国人《みんこくじん》であり清国人《しんこくじん》であった。

唐人と和人の関わりは出島の阿蘭陀人より密接であった。唐人の船は早くから九国に入津していたのだ。

江戸幕府は、寛永十二年（一六三五）、長崎一港にかぎって入港を許すことにした。その当時、長崎市中においては唐人と長崎人とが雑居して、相対《あいたい》貿易を営んでいた。だが、唐人の渡来物のなかに切支丹の信仰を示す禁制本が見つかったこともあり、抜け荷の取り締まりも強化され、唐人も阿蘭陀人のように一か所に隔離すべしとの幕府の方針で、元禄二年（一六八九）に唐人屋敷、あるいは唐人館と呼ばれるものが造られた。

唐人屋敷の敷地は出島の倍以上もあり、取り締まりも出島に比べて寛大であった。この唐人屋敷の中には、唐人部屋、関帝堂《かんていどう》、日用雑貨を扱う店、涼み所、通《つう》事《じ》の家などがあった。

この通事の家は、「霊魂堂」とも呼ばれた。

『甲子夜話《かっしやわ》』を書いた松浦《まつら》静山《せいざん》公によれば、

〈舘中即ち唐人屋敷に新死のものあれば、陰々と履物の音あり、あたりのもの起き騒ぐという。舘内の部屋に空庫一か所あり、とかく幽霊この中に出る故空処となれり〉

と噂話《うわさばなし》を記録している。

霊魂堂の中には唐人の位牌を安置したが、亡霊が立ち騒いで堂内が騒々しく、年に一度、亡霊を故国に還す、「彩舟流《さいしゆうながし》」

の行事を催したという。おそらく唐人屋敷に長崎人が出入りしないように流した噂話であろう。

唐人は唐人屋敷に住み暮らすのが原則であった。だが、前述したように唐人の国と長崎の関わりは古くからあり、阿蘭陀人との付き合いより密接であったために唐人屋敷の中に「監禁」された唐人ばかりではなかった。

長崎に住むことを許された唐人を、

「住宅唐人」

と呼んだ。

住宅唐人は、来航唐人との婚姻や直取り引きをなすことを禁じられていた。和人の女を女房とした唐姓の一世は別にして、長崎で生まれた二世以降は和名を名乗り、母方の姓にして長崎に籍を移して暮らした。これらの家系には、唐通事の職などを得て、長崎会所などに深く関わる者がいた。

また交易の間だけ上陸を許される唐人を、

「来船唐人」

とか、

「客商」

と呼んで遇した。

空也が福砂屋で会った唐人も来船唐人の身分で市中に上がったのであろう。外見からもこれまでの深い関わりからも、阿蘭陀人のように唐人を「唐人屋敷」に完全に監禁することは難しかった。

堂南健吾が空也を連れていったのは、「唐人屋敷」の周囲にある、住宅唐人らが通う食い物屋が密集する一角であった。その坂下には唐人専用の船着場があった。

「中也どの、唐人の食い物を食したことがおありですか」

唐人街に入ったとき、堂南が空也に話しかけた。

「いえ、長崎会所にて南蛮風の食い物を食しましたが、唐人の食する料理は口にしておりません」

「これから訪ねるところは、長年長崎に住み暮らす唐人が営む店です」

「唐人屋敷も出島のように出入りは厳しいのですか」

「出島の阿蘭陀屋敷より難しくはありませんが、われらが出入りするのは、いささか至難ですぞ」

と応じた堂南だが、言外に入り込める方法もないではないと言っているように空也には聞こえた。

夕風が海の香りを運んできた。

宵闇《よいやみ》の内海に臨む唐人の店からは、日見峠で空也と小太郎が嗅いだ匂いより何倍も強い香りが漂ってきた。

「唐人料理は和人の食い物と違い、香辛料や大蒜《にんにく》を多く使いますでな、最初は口にすることができぬ者もいます。じゃが、食い慣れるとなかなかの風味です」

堂南はしばしば食しているように思えた。

「おお、堂南さんか」

和人の形の老人がふたりを店の入口で迎えた。

「新入りが江戸より来たでな、連れて参った。なんぞ美味《おい》しいものを馳走してくれぬか」

「唐人料理は初めてやろね」

「初めてだ。だが、この大坂中也どのはどのような食い物でも美味しく食す若者じゃ。それがしには酒をくれぬか」

老人に願った堂南と空也は椅子に座り、卓を挟んで向かい合った。

「堂南様、松平辰平様は江戸におられますか。それとも福岡城下におられますか」

空也は武者修行の先輩であり、尚武館道場の兄貴分ともいえる辰平の近況を訊いた。

「それがしも長崎逗留が二年になるゆえ、はっきりとは言えませんが、福岡におられるのではなかろうか。会いたいですかな」

「会いとうございます。されど会えば気持ちが挫《くじ》けるやもしれません」

「中也どの、まだ武者修行を続けるおつもりにござるか」

「未だ西国の剣術しか知りません。長崎に参ったのも異人の剣術や唐人の武術を知りたいがためです」

「中也どの、すでに異人や唐人の武術を承知ではないのですか」

「いえ、十分には承知しておりません」

空也は曖昧《あいまい》に応《こた》えた。

そこへ娘が酒を入れた徳利《とっくり》を運んできた。

酒器は二つ用意されていたが、空也は一つを卓に伏せ、徳利を手にして堂南の酒器に注いだ。

和国の酒とは違った香りが漂った。

「紹興酒《しょうこうしゅ》という唐人の酒です。中也どのにも味おうてもらいたいが、尚武館の磐音先生に、酒を教えたのは堂南か、と叱《しか》られそうゆえ勧めませんぞ」

と堂南が言い訳し、

「いやはや、奉行所の道場で中也どのを見たときは魂消ました。ともかく再会を祝しまして」

と堂南が酒器を手にゆっくりと唐人の酒を喉《のど》に落とした。

「堂南様は長崎逗留が二年とおっしゃいましたね」

「われら福岡藩と肥前の佐賀藩は一年交代で長崎警護に就きます。ですが、非番の年でも浦五島町《うらごとうまち》の福岡藩屋敷に福岡藩士がまったくいないわけではありません。屋敷の留守番役に、つねに藩士の一部が残っているのです。そのほかにも薩摩をはじめ、西国の大名家が藩屋敷を置いています」

空也は大村藩も長崎警護を出していると聞いていたので頷いた。

「福岡藩の長崎藩邸にも剣道場がございますか」

「むろん長崎警護がわれらの務めゆえ、武術は大事です。ゆえに藩邸内に剣道場がございます。今朝方は長崎奉行所に用事もあり、あちらの剣道場に出稽古をなしたのです」

「それがしが福岡藩の長崎藩邸道場に稽古に出向くことはできますか」

「大いに歓迎しますぞ。正直申しますと、われらの間では長崎奉行所の稽古は生温いと評判でしてな。中也どのにはうちや佐賀藩の道場での出稽古のほうがまだましでしょう」

「長崎に慣れましたら、まず福岡藩の道場に伺わせてください」

「ならば帰りに福岡藩の長崎藩邸の場所を教えます」

「有難うございます」

と空也が礼を述べたとき、唐人料理がいきなり三品運ばれてきた。どの料理からも香ばしい匂いがして空也の食欲を刺激した。

「どれも美味しそうです」

「温かいうちに食べるのが唐人料理を美味しく食す最上のコツです。中也どの、どんどん食しなされ。足りなければ新たに注文いたします」

堂南は武者修行の空也をご馳走攻めにする気のようだ。

「いただきます」

空也は青菜の炒め物から手を付けた。食べた瞬間、口の中になんともいえぬ風味が広がった。

「堂南様、美味いです。島巡りでは出会うことがなかった味です」

「それはよかった」

空也は夢中で唐人料理の数々を味わった。腹が満たされたところで空也は、堂南が「こんどは、それがしの話を聞いてくだされ」と言った件を思い出した。

「堂南様、それがしになんぞお話があると申されませんでしたか」

「おお、つい忘れておった」

と言った堂南が独酌で紹興酒を飲みながら、

「ひと月ほど前のことです。わが長崎藩邸の道場に薩摩藩士ふたりが出稽古に来ましてな。蔵吉又三郎《くらよしまたさぶろう》どのに伊集院宗五郎《いじゅういんそうごろう》どのと申される士分でございました」

「薩摩剣法でしたか」

「いや、われらには慥《たし》か大刀流と流儀を述べられたと思います。それがしは伊集院どのと稽古をしました。なかなかの腕前ながら、本気ではないように見受けられました」

「薩摩の方が福岡藩の長崎藩邸の道場に出稽古に来られることは、よくあることでございますか」

「それがしが知るかぎり、初めてでござる」

と応じた堂南健吾が紹興酒の入った徳利から酒を注ごうとしたが、中が空っぽだった。そこでもう一本追加し、

「中也どの、足りますかな。新たな料理を注文しましょうか」

と空也のことを気にかけた。

「唐人料理でもめしを食しますか」

「むろん唐人も米料理は食べますぞ。唐人の炒めめしは絶品です。それに阿蘭陀人がソップと呼ぶ唐人汁が美味い」

「ならばその炒めめしと唐人汁を食してみとうございます」

空也が願った。

新たに注文を終えた堂南が、

「本日、中也どのに会い、薩摩入りしたことを聞き、さらに追っ手を逃れて福江から対馬、平戸と島巡りをしてきたと知ったとき、薩摩藩の蔵吉、伊集院のご両者はなんぞ考えがあって、わが藩邸の剣道場に出稽古に来たのではないかと思い当たりましてな」

空也はしばし沈黙した。

「薩摩屋敷では、それがしが長崎に来ることを想定していたと思われますか」

「そうも考えられないこともない」

空也の問いに堂南が応じた。

「長崎の薩摩屋敷には東郷示現流を学んだ藩士もおられましょうか」

「示現流は御家流儀です。薩摩藩士ならば、まず示現流を子供のうちから習得させられましょう。ですが、この長崎で薩摩武士が示現流の技を公開することはございません。あのふたりももしや、福岡藩の長崎藩邸に空也どのが立ち寄っておらぬか、出稽古を口実に探りに来たのではござるまいか」

「堂南様、それがしがなぜ福岡藩の長崎屋敷に立ち寄ると薩摩は考えたのでしょうか」

「薩摩島津家と福岡黒田家は、この長崎でも関わりがございます。空也どのは長崎聞役《ききやく》という言葉を聞いたことがございますかな」

「いえ、初めて聞きました」

「この長崎には、われら福岡藩、佐賀藩だけではなく、西国大名十四家が関わっております。定詰《じょうづめ》あるいは定居《じょうきょ》という藩士が一年中長崎に滞在する大名家はわが福岡藩、佐賀藩のほかに対馬藩、熊本《くまもと》藩、小倉藩、平戸藩の六家にござってな。この中でも佐賀藩とわが福岡藩は長崎警護を仰せつかっております。あとの四家は情報交換や収集のため、また幕府の出先長崎奉行所を助けるために、どこもが留守居格の人材を派遣しております。さらに夏詰《なつづめ》と申して、阿蘭陀船が入る五月中旬から九月下旬の五月《いつつき》だけ、長崎聞役を長崎に配する藩があります。その大名家が薩摩藩を筆頭に長州《ちょうしゅう》藩、久留米《くるめ》藩、柳川《やながわ》藩、島原《しまばら》藩、唐津《からつ》藩、大村藩、さらに福江藩の八家。定居と夏詰を合わせて十四藩がこの長崎に屋敷を構えているのです」

空也は大村城下で大村藩の長崎屋敷があるというのを聞いたが、この長崎聞役制度に携わる藩ゆえかと得心した。長崎に武士の姿が多い理由にも合点がいった。

堂南健吾は、

「長崎聞役は自藩のために情報収集することも役目の一つです。ゆえに薩摩藩では、江戸の神保小路の尚武館坂崎道場にわが福岡藩黒田家の藩士が門弟として出入りしていることを承知なのでしょう。また尚武館の門弟であった松平辰平どのがわが黒田家に仕えていることも当然摑《つか》んでおりましょう。となると、中也どののがわが長崎定居の福岡藩邸に立ち寄ると考えたとしても不思議はございませぬ」

「はい」

と応じた空也ははたと気付いた。福岡藩長崎藩邸の剣道場へ稽古に通うとしたら、福岡藩に迷惑をかけかねない。

「中也どの、この長崎で決して薩摩の好きにはさせませんぞ。中也どのが考える修行をすることです。もし中也どのがわが藩邸の剣道場に出稽古においでになりたければそうなされ」

堂南も空也の考えを察したように言った。

「分かりました。そのようにさせていただきます」

と空也が答えたとき、二本目の徳利と唐人料理の炒めめしが出てきた。

「おお、これはちらし寿司のようにきれいですね」

「温かいうちに箸をつけなされ」

と堂南が言い、紹興酒の二本目に手をかけた。


堂南健吾と坂崎空也は、唐人料理の店におよそ一刻（二時間）ほどいて、空也は唐人料理を食し、満足した。

堂南も紹興酒をたっぷりと飲み、ほろ酔い気分で唐人街から福岡藩邸がある浦五島町へと向かった。

「堂南様、長崎に参り、美味しい食い物ばかりを馳走になり、それがし、太ってしまいます」

「中也どの、島巡りでひもじい思いを重ねてきたのでしょう。長崎にいるときくらい存分に食らい、存分に稽古をなされよ」

堂南が満足げに言ったとき、ふたりは何者かに前後を挟まれた気配に気付いた。

「何やつか、狼藉《ろうぜき》をなすならば痛い目に遭《あ》うことになるぞ」

と堂南が刀の柄《つか》に手をかけた。

空也は何者か察していた。

「堂南様、この連中、それがしに用があるようです」

前日、福砂屋に現れた唐人三人組の仲間だと、潮風の臭いが染みた衣服から空也は推測した。

「中也どの、この連中と諍《いさか》いがござったか」

「はい、いささか」

と前日の出来事を告げた。

「堂南様、ご検分くだされ」

空也は酒に酔った堂南健吾を、表戸を下ろした油問屋の庇《ひさし》の下に誘い、自らは盾のように道の真ん中に出て、

「昨日の一件で報復をしようということですか」

と唐人水夫らを見回した。

相手の数は七人だ。

唐人料理の店にいる堂南と空也を昨日の水夫のひとりが眼に留め、あとをつけてきたのか。

「かような乱暴を繰り返すならば、この長崎に住む唐人衆にとっても迷惑な話でしょう。昨日は手加減しましたが、今宵《こよい》は手加減しません」

空也は宣告した。

唐人七人組は黙っていたが、何人かは空也の話す和語が分かったとみえて、仲間たちに通詞した。

空也は修理亮盛光の柄に手をかける振りをした。そのゆったりとした動作に、鉾《ほこ》を構えていた水夫がいきなり空也に向かって投げつけた。

一瞬、空也の手が翻り、修理亮盛光が抜き放たれると、飛来する鉾先一尺のところを切り放した。

「ああっ」

と堂南が驚きの悲鳴を上げた。

空也は盛光を鞘《さや》に納めると、鉾先を失った五尺ほどの柄を蜻蛉に構えた。

堂南は薩摩剣法独特の構え、蜻蛉を見て、空也の修行が尋常でなかったことを悟った。

ほかの水夫たち六人が青龍刀や手槍《てやり》を手に空也に襲いかかってきた。その動きの先手をとって空也が踏み込んでいった。

いささか酒に酔った堂南健吾の眼では、空也の迅速な動きを見定めることはできなかった。それほど速く、一筆書きのように躍った鉾の柄が動きを止めたとき、水夫たちがばたばたと夜道に倒れて事が終わった。

堂南は、ただ茫然と空也を見た。

「お待たせしました、堂南様」

空也の声は、息一つ弾んでいなかった。

四

その夜、堂南健吾は興奮したか、なかなか眠りに就くことができなかった。

年齢的には弟のような坂崎空也と長崎で会ったことが堂南を上気させていた。悶々《もんもん》とした末に寝床から起き上がり行灯《あんどん》の灯心を掻《か》き立て、筆記具を用意すると、江戸の尚武館道場の坂崎磐音に宛てて文を認め始めた。

明日同輩が長崎を発って、筑前福岡藩に戻ることを思い出した堂南は、彼に文を託して藩の御用嚢で江戸藩邸に送り、さらに神保小路に届けてもらおうと考えたのだ。

武者修行に出た嫡男の空也が元気でいることを両親に知ってもらいたい一心だった。また四、五年ぶりに再会した空也の成長ぶりを報告したかった。そして、長崎奉行松平石見守の家臣大坂中也の偽名で過ごすその理由を説明し、たった数刻一緒に過ごす間に空也自身から聞いた武者修行のあれこれを認めた。そのうえで、

「空也どのは武者修行で培った力の片鱗《へんりん》すら、それがしに見せておられません」

と書き添えた。

酒の酔いを借りて認めた書状は、まとまりのない文章であった。だが、両親にとってぜひ知りたい近況かと思い、空也の許しもなくこの文を認めたことも付け加えた。

さらに堂南の上役に宛てた文も同梱し、江戸へ転送を願う理由と経緯を述べて手配を願った。

未明、藩邸を出立《しゅったつ》する同輩に託した堂南は、書状を認めたことで昨日以来の興奮を鎮め、仮眠をとった。

一方、空也は長崎奉行所立山役所の剣道場に八つ半の刻限に出ると、独り闇《やみ》の中で、

「朝に三千、夕べに八千」

の野太刀流の打ち込み稽古を繰り返した。

どれほどの刻が過ぎたか、道場に人の気配がした。

「やはりそなたか」

と声をかけてきたのは鵜飼寅吉だった。

「昨日はどこに行ったとな。会所の女密偵どのがそなたを探しておったぞ」

「麻衣さんは、それがしになにか用でございましょうか」

「会所の女密偵どのがわしに話すものか」

「ならば、稽古を終えたら会所に顔を出します」

と空也が答えると、寅吉が、

「昨夜《ゆうべ》帰りが遅かったな。なんぞあったのと違うな」

と最前の問いに戻した。

「昨日、道場で福岡藩のお方と稽古をしたのを承知ですね、寅吉どの」

「おお、堂南様と木刀を交えておったな」

「堂南様は江戸参府の折り、父の尚武館道場に通われ、それがしを承知なのです」

「うむ、やはりそうじゃったか」

「それがしが大坂中也と名乗っているのは事情があってのことかと、道場でその気配を察したのです。稽古が終わった折りに落ち合う場所をそっと知らされ、昨日の七つ過ぎから会うておりました」

「そうか、堂南様がそなたの父上の門弟とはな」

「堂南様に会うた頃、それがしは十四、五でしたが、直に稽古をつけてもろうた覚えはありません」

「堂南様はなにかそなたに申されたか」

「福岡藩の長崎藩邸を教えられ、時にあちらにも稽古に来いとお誘いを受けました」

「おお、黒田家や佐賀藩鍋島家の長崎藩邸には、長崎警護の猛者《もさ》が千人ほどおるでな、そなたの稽古相手には事欠くまいな」

「えっ、千人も警護のためにおられるのですか」

「福岡藩黒田家を例にとれば、一年四交代で千人の警護兵が西泊《にしどまり》番所と長崎屋敷に分かれて宿営しておる。これを福岡藩では『長崎御番《ごばん》』と称し、年番の一番手を『長崎壱番々《いちばんばん》』と呼んで、ただ今の長崎に詰めておられる。そなたの相手にはなによりやもしれぬな。どうだ、あちらにも稽古に行くか」

「寅吉様のお許しがあれば、浦五島町の藩邸の道場に通いとうございます」

「そなたがこの長崎でなにをしようと勝手次第だ。だが、奉行所にそなたの姿がないのは寂しいのう。時にはこちらでも稽古をしてくれんか」

「それがし、松平様の家臣にして鵜飼寅吉様の配下です。寝泊まりだけではなく毎朝稽古はいたします。そのあと、浦五島町に通います」

と言って空也は木刀を竹刀《しない》に替えて、

「寅吉様、稽古をつけてくだされ」

と願った。

「なに、わしの指導を受けたいと言うか。待て、仕度をなすでな」

寅吉が空也の前から消えたかと思ったら、小手に胴、面の防具をしっかりとつけて再び姿を見せた。

「いいか、中也。そなた、馬鹿力だということを忘れるでないぞ。形ばかりとはいえ、わしは大坂中也の上役だ。わしの面目を皆の前で潰すような真似だけはするな。よいな、本気の打ち込みと見せかけて手加減せよ」

と寅吉が命じて、ふたりは稽古を始めた。

四半刻もたずに寅吉が、

「おい、防具の上からとはいえ、おんしの竹刀がわしの胴に巻き付いて、みみずばれになっておろう。今朝はこれくらいで指導は終わりだ」

とさっさと打ち込みをやめた。

「ならば、それがし、浦五島町へ出稽古に行ってよいですか」

「そなたの勝手次第と言うたぞ。会所の女密偵が探しておったことを忘れるでない」

「承知いたしました」

空也は長崎奉行所の長屋に戻ると、稽古着から普段着に着替え、稽古着と木刀を携えて浦五島町に駆け付けた。空也にとって、長崎の町中を走るのは散歩のようなものだ。

昨晩教えられた黒田屋敷の門番に名乗ると、門番が、

「今朝未明に堂南様から聞いておりました」

と応じて剣道場の場所を教えてくれた。

空也が道場の前に立ったのは、五つ（午前八時）の刻限だった。道場の中から奉行所とは違った熱気が伝わってきた。

「お頼み申します」

と空也が願うと、空也と同じ年頃の若侍が姿を見せた。

「それがし、長崎奉行所の大坂中也と申します。昨日、ご当家の堂南健吾様からこちらの道場へのお誘いを受けました。ご指導のほどお願い申します」

「堂南様は今朝未だ見えておられません。ですが、そのうちおいでになりましょう」

空也が道場に入ることをすんなりと許した。それはそうであろう、町道場とは違い、福岡藩の長崎屋敷に道場破りなど訪ねてくることはあるまい。

「それがし、須藤平太郎《すどうへいたろう》です」

と名乗った若侍が控え部屋に空也を連れていき、稽古着に着替えるように言った。

「大坂どの、長崎奉行所には長くお勤めですか」

「いえ、それがし、松平石見守様の家来でして、ほんの数日前に長崎入りしたばかり、未だ西も東も分かりません」

と空也が答えると、

「それがしも初めての長崎御番で、ようやく町に慣れたところです」

と同輩のよしみで笑いかけた。

「須藤どの、よければ稽古相手をしていただけませんか」

と空也が願うと、

「最初に言うておきますが、『長崎壱番々』の中で、技量はそれがしが一番下です。どなたも相手をしてくれません」

と須藤平太郎も正直に告げた。

「ならば一緒に汗をかきましょうか」

稽古着に着替えた空也を連れて道場に入った須藤は、師範に空也のことを伝えに行った。空也は道場に入ったところで正座をし、神棚に向かって拝礼した。すると須藤が戻ってきて、

「大坂どの、師範の善切太郎左衛門《よしきりたろうざえもん》様に挨拶なされよ」

と壮年の師範のもとへ連れていった。

「大坂中也と申します」

「そなた、長崎奉行松平様の家臣か」

「はい」

師範の善切が空也の五体を確かめて、

「稽古を積んだ体じゃな。長崎聞役の堂南健吾の知り合いか」

と尋ねた。

空也は堂南が福岡藩長崎聞役の身分と初めて知った。むろん空也は福岡藩の長崎聞役が馬廻組《うままわりぐみ》の出で、二百石格に当たることなど知る由もなかった。

「知り合いというほどの間柄ではございません。昨日、奉行所の道場でご指導を賜《たまわ》り、黒田家の道場に稽古に来いとお誘いを受け、お言葉に甘えて伺いました」

「堂南健吾が初めて会うた者を長崎御番の道場に誘ったとな」

と師範の善切が首を傾げていたが、

「よかろう。そのうち、堂南も姿を見せよう」

と応じた。そこで須藤が、

「師範、それがし、大坂どのと稽古をしてようございますか」

と許しを乞うた。

「須藤、そのほう、長崎御番壱番々千人の中でどれほどの技量か」

「師範はとくと承知でございましょう。一番下かと」

「大坂中也どのの腕前を承知か」

「闘役の堂南様と稽古なされたと言われましたゆえ、それがしよりいささか力は上かと判断いたしました」

「まあよい。稽古をしてみよ」

師範の善切が許し、空也と須藤は見所から離れた道場の隅で向かい合った。

「須藤どの、こちらでは木刀稽古が習わしですか」

空也が須藤に尋ねた。

「というわけではございませんが、長崎御番は異人相手に戦うことを想定しており、実戦に近い稽古をなさる御番衆《ごばんしゅう》が大半です」

「よければ、われらは竹刀に替えませんか」

「それがしもそのほうが気は楽です」

と若いふたりが話し合い、木刀を竹刀に替えた。

空也は善切師範の言葉を待つまでもなく、須藤平太郎の技量を見抜いていた。

両者が竹刀を構え合った。

須藤平太郎は五尺八寸の痩身《そうしん》だが、いかんせん稽古量が不足していた。未だ剣術家の体ができていなかった。

「須藤どの、参られよ」

「よろしいので」

空也が頷くと、須藤は竹刀の先を上下に動かして間合いをとっていたが、はっ、と気合いを発して空也の面を打ちにきた。それを空也は弾くと、須藤はよろけざまにすぐに体勢を立て直し、二の手、三の手を繰り出した。

空也は須藤の攻めを弾き返しながら、次に攻める間を須藤に与えていた。須藤は夢中で周りのことなどなにも見えていなかった。

須藤はひたすらに攻めてかかり、空也は受け流した。稽古の時間《とき》はそれほど経っていなかったが、須藤の腰がふらついてきた。

「こら、須藤平太郎、そなたの父御は新陰流の遣い手であったぞ。なんだ、そのほうの竹刀さばきは」

堂南健吾の怒鳴り声が近くで響いて、須藤が慌てて竹刀を構え直した。

空也は須藤平太郎の攻めを受けながら、道場に堂南健吾が入ってきて、師範の善切と話し合っている光景を目の端に留めていた。

空也のほうから竹刀を引いた。すると須藤が、

「聞役、なかなかの攻めにございましたぞ。大坂どのに反撃の機会を与えません

でしたからな」

「呆れ返ったわ」

と堂南が言ったとき、

「稽古、やめ」

という善切師範の声が道場に響いた。

稽古をしていた百数十人の長崎御番衆が両側の壁に下がった。だが、堂南と師範は立ったままだ。いや、そのほかに道場の中央に十人が残っていた。その手には使い慣れた木刀を持っている。

「なにが始まるのです、聞役」

「見ておれば分かる」

と堂南健吾が須藤に言い、

「大坂どの、口直しじゃ。立ち合いなされ」

空也に命じた。

初めて道場を訪問した者が受ける慣例の行事だった。隣の須藤平太郎が慌てた。

「大坂どの、あの方々は長崎壱番々の中でも腕利きの面々ばかりですぞ。やめるならば早く堂南聞役に願いなされ」

と空也の耳もとで囁いた。

「須藤平太郎、なにをごちゃごちゃ言うておる。大坂どのに木刀を渡せ」

と堂南が命じて見所のほうへと歩み去った。

「よいのですか、大坂どの」

「初めての道場に伺った際には必ず受けるもてなしです」

空也が言うと、竹刀を愛用の木刀に替えて十人の前に立った。

どの面構えも険しく、その険しさの中には、たったひとりを相手に十人がかりかという怒りが混じっていた。その様子を見ながらも空也は、

「長崎奉行松平石見守家臣、大坂中也にございます。ご指導のほどよろしゅうお願い申します」

と一礼した。

師範の善切太郎左衛門が、

「長崎壱番々香取正二郎《かとりしょうじろう》」

と先鋒《せんぽう》のひとりを呼んだ。

十人の中から、足腰がしっかりと鍛え上げられた、猪首《いくび》の御番衆が空也の前に立った。歳は三十前か。剣術家としていちばん充実した年齢だった。

香取正二郎と空也は、相正眼で向き合った。

数拍神経を集中させた香取が気配もなく踏み込み、木刀を空也の面に落とした。

一方、空也はその場を動かなかった。引き付けるだけ間合いに呼び込んで、胴を抜いた。

寸毫の差で香取正二郎が横手の床に転がった。

道場に緊張が走った。

最前まで己に攻め込まれていた大坂中也の一撃に、須藤平太郎は、

（えっ、なんじゃ、あれは）

と心中で洩らしていた。

「参りました」

と香取正二郎が潔くも空也に一礼した。だが、なんとなく、

（なにが起こったか分からぬ）

といった表情にも見えた。

「二番手、岸平景道《きしひらかげみち》」

善切師範が淡々と声を発して二番手を呼び、場内に静かなるどよめきが起こった。

岸平は、長崎御番千人の中でも三指に入る安倍《あべ》流の古豪中の古豪、実戦経験もあると噂される遣い手だった。

そのとき、見所に初老の武家が姿を見せて座した。

偶然にも長崎に居合わせた国家老橘六太夫重忠《たちばなろくだゆうしげただ》だ。この橘が、見所の近くに立つ堂南をかたわらに呼んで、何事か尋ねていた。短く答えた堂南に頷き、道場の対戦者に視線を戻した。

立ち合いのふたりは、静かに一礼し、構え合った。

岸平は脇構えに木刀をとり、空也は正眼に構えた。

脇構えのまま岸平は動かない。

空也もまた礼をなした場に不動の姿勢で構え、微動だにしない。

見所近くの堂南は、昨日の大坂中也との立ち合いを思い出していた。武者修行中という若者は、まったく力を見せることなく、己の相手をしたのか、と改めて思った。堂南が考える以上にこの若者が修羅場をくぐってきたことを悟らされていた。

岸平の剛の構えに、若い武者修行者は柔の構えで臨んでいた。

時がゆったりと流れていく。

咳《しわぶき》一つしない。

道場が緊迫に満ちた頃、春の陽射しが道場の格子窓から静かに差し込んできた。

唐船でも入港したか、銅鑼《どら》の鳴る音がかすかに伝わってきた。

岸平は銅鑼の音を無心に数えていた。

空也は、緊迫の時を楽しんでいた。

銅鑼の最後の音が余韻《よいん》を引いて消えていった。

岸平の五体がそよりと動き、間合いがいつの間にか詰まり、激流のように木刀が空也の胴に迫った。

後の先。

空也の正眼の木刀が岸平の木刀を押さえると、次の瞬間撥《は》ね飛ばしていた。

素手で立つ茫然自失の岸平が愕然《がくぜん》とその場に座し、

「参りました」

と声を絞り出した。

「善切師範、勝負を続けるか」

国家老の橘六太夫が質した。

善切は堂南の顔に視線を向けた。

「ご家老、師範、この大坂中也、本日ばかりではのうて明日からも毎日稽古に参りたいと言うております。長崎警護を幕府より命じられた御番衆は、武勇の士にございます。さすればこのまま終わらせてはなりますまい。この者が長崎に滞在する間、われらは時が許すかぎりこの者と稽古をするのはいかがでございましょう」

しばし堂南の言葉に沈思した橘が、

「よかろう。この大坂中也から一本取るまで、毎日、選ばれたひとりが挑み続けるというのはどうか」

国家老の橘が堂南に提案した。

「長崎御番壱番々が長崎を去るまでひと月を切っておりますぞ」

「分かっておるわ。そのほうら、切磋《せっさ》琢磨《たくま》してこの者に見事土をつけてみよ」

命じた国家老橘六太夫の顔は決して機嫌は悪くないようで、笑みさえあった。

「ふうっ」

と道場に息が洩れ、空也がその場に正座して、

「お相手、お願い申します」

と一同に頭を下げた。

かくて空也の長崎での本式の修行の日々が決まった。

第四章　小太郎の正体

一

　この年、寛政十年三月六日の夜、出島から出火し、西側にある阿蘭陀商館《カピタン》長屋敷、商館員の住まいや土蔵などが焼失した。火元は阿蘭陀人縫物師《ぬいものし》の部屋と言われ、縫物師とその夜呼ばれていた遊女はなんとか逃げることができたが、遊女の禿《かむろ》は焼死していた。

　そんな火事騒ぎが一応鎮まった頃、長崎会所の高木麻衣から呼び出しがあった。

　久しぶりに麻衣に会うと、

「大坂中也の名が板についたようね」

　ふたりだけになったとき囁いた。

「いえ、未だこの借り着のようです」

　空也は麻衣が用意してくれたいささか派手な羽織の袖を引っ張ってみせた。

「似合っているわよ。だれかさんが見たら必ず気に入ると思うけど」

「この姿をだれに見せよと言うのです」

「どちらかにいると思うのだけど」

　と返した麻衣が、

「中也さんに見せたいものがあるの」

「見せたいものですか。それがしにできることならなんなりとお手伝いいたします」

　麻衣が見せたいものがあると言った背景には、なにかを手伝わせようとの意図があると理解した。

「あなたに関わりがないこともないしね」

「それがしに関わりがあるのですか」

「あなたと一緒に日見峠を下ってきた人物がいたわね」

「篠山小太郎どのですか」

「そう、その人物。あれから会ったの」

「いえ、出島前で昼下がりの八つ半に会おうと約束して別れたのですが、何日か通うてはみたものの、小太郎どのが姿を見せる様子はありませんでした」

「まず、あちらからあなたに会おうとはしないと思うわよ」

「小太郎どのと会所には、なにか関わりがございましたか」

「まず付き合って」

長崎会所から連れ出された空也は、通い慣れてきた福岡藩黒田屋敷に向かう道を進んだ。浦五島町を抜けて、出島のかたわらの大波止《おおはと》に連れていかれると、そこには異国製の小型帆船が停泊していた。船頭はふたりで、ほかに三人ほどが乗れる大きさだ。

「高すっぽは海から長崎の町を見たことはある」

「ありません。ようやく福岡藩長崎藩邸の道場に通うことに慣れたところです」

「長崎奉行所の剣道場では坂崎空也には物足りないものね」

麻衣は空也の近況を把握しているようで、そう囁いた。

「さすがは長崎御番衆に選ばれる方々です。どなたもかなりの腕前です」

「毎日、長崎壱番々のひとりと立ち合いをしていると聞いたけど。これまで何人と立ち合ったの」

「さあ、十人ほどでしょうか」

国家老橘六太夫と師範の善切太郎左衛門との話し合いにより、空也は藩邸道場で毎朝稽古をしたあと、御番衆のうちのひとりと本式の立ち合いをなすことが決まった。次の日から、御番衆千人から選ばれたひとりと空也は対戦した。あれから七、八日が過ぎ、空也は一日一戦の試合を受けて、剣風の異なる御番衆に勝ちを得ていた。

「坂崎空也を負かす者は、未だいないようね」

麻衣は一日一戦の対戦を承知か、そう言った。

「麻衣さん、稽古は勝ち負けではありません。竹刀に打たれて己の弱点に気付くこともあります」

「そう聞いておくわ」

麻衣は帆が張られた洋式の小型帆船の船縁《ふなべり》に背をもたせかけた。奈良尾で会ったときの麻衣の印象とはまったく違っていた。密偵とは役目に従って己の姿を変えることなのだろうか、と空也は思った。そしてふと、霧子《きりこ》を思い出した。

(霧子さんはどうしておられるか)

「だれのことを考えているの」

「麻衣さんは他人の胸のうちを読み取れるようですね。それがしの姉のような方のことを考えておりました。霧子さんという、雑賀衆《さいかしゆう》の郷《さと》で生まれ育った女性《にょしょう》です」

と前置きして、空也は霧子のことをかいつまんで話した。

「姉のような霧子さんは、私と同じような密偵なの」

「直心影流尚武館道場に密偵はおりません。ですが、父は老中田沼意次・意知《おきとも》様父子《おやこ》との暗闘を続けていましたから、霧子さんは密偵のような役目を務めたのかもしれません」

と空也は答えていた。

「あなたの父御は、先の老中田沼様一派と対立して致仕に追いやった御仁よね。ただの剣術家ではないわ。器が剣術家の域を超えていそうね。ということは、坂崎磐音様の周りには門弟のほかに密偵のような人材がいたとしても不思議ではないわね」

麻衣が霧子の役目を推量した。

「武者修行の最後には、それがしが生まれた高野山中の内八葉外八葉《ないのはちようげのはちよう》にある雑賀衆の郷で落ち合う約束を出立前になしました。霧子さんにとってもそれがしにとっても雑賀衆の郷は格別な地なのです」

いつの間にか帆を張った船は、唐船が停泊する内海をゆっくりと走り始めていた。海から眺める長崎はまた違った顔を見せた。

空也は焼け跡が生々しい出島の全容に視線をやった。

わずか四千坪の人工島に阿蘭陀人たちが暮らしているのだ。扇形をした出島の周りには棒杭《ぼうくい》が建て回され、その内側に立ち入ることを禁じた触れ書きが、和語と異国の言葉で貼られていた。さらに島全域に忍び返しのような高い板塀が二重に張り巡らされているのが見えた。

「阿蘭陀人は、あの出島から勝手に出入りすることは叶わぬのですね」

「長崎奉行所の役人が厳しく見張っているから、阿蘭陀人は許しがないと長崎の町中に出られないの」

「望海楼で、遊女は出入りできると聞きました」

「阿蘭陀行の女衆は格別なの」

と応じた麻衣は、棒杭の中にある板塀は外囲いと内囲いの二重になっていて、その間には水路がめぐらされて、なにか事が起こったときは奉行所の役人が直ちに閉鎖できるようになっていると説明を加えた。

「麻衣さん、ラインハルトはこの出島に暮らしていたのですね」

「どうして外に出られたかって」

空也が頷くと、

「鑑札を持った会所の人間もいれば、奉行所の役人もいる。だから出入りは容易ではない、と最前も言ったわね。でもね、この出島が完成したのが寛永十三年、阿蘭陀人の暦《こよみ》で一六三六年。三年後には幕府は出島から葡萄牙《ポルトガル》人を追い出し、その二年後に阿蘭陀人を住まわせたの。以来、出島には阿蘭陀の商館があるわ。つまり百六十年近くの歳月が過ぎたのよ。高すっぽさん、どのようなことも長い歳月が経てば抜け道ができる。あなたが始末したラインハルトを出島の外に出す手伝いをした会所の関係者、出島の通詞、唐人の何人かが処刑されたわ」

と告げた。

「野崎島で事が終わったのではなかったのですか」

「表向きはそう。だけど、ラインハルト兄弟を手引きした者たちは密かに処刑されたの」

麻衣の話は、空也が考えもしていないことだった。

帆船は無口な船頭ふたりに操られて内海の中ほどに出ていた。すると長崎の町並みが見えるようになった。

「あなたは平戸島にいたと言ったわね」

「わずかな間ですが滞在して、剣術修行をしておりました」

「平戸藩には南蛮剣法が伝わっていると聞いたけど」

　空也が頷くと、

「どうやら南蛮剣法とも手合わせしたようね」

　と麻衣が言って、

「平戸藩に葡萄牙人が交易のためにいたことも承知よね」

「はい。そして、平戸からこの長崎に交易地が移されたと聞きましたが、葡萄牙はこの出島に三年しかいることができなかったのはなぜですか。なぜ放逐《ほうちく》されたのですか」

「切支丹布教に触れたのが大きな理由ね」

「では、阿蘭陀人は切支丹ではないのですか」

「葡萄牙人やイスパニア人は切支丹でも旧教《カソリコ》を信仰するの。ところが阿蘭陀人は新教と、いささか違うの。同じ仏教信仰でも空海《くうかい》上人の真言宗《しんごんしゅう》と親鸞《しんらん》上人の浄土《じょうど》真宗《しんしゅう》で教えの違いがあるわね。譬《たと》えは適切ではないかもしれないけど、そんなふうに理解して。それに阿蘭陀人のほうが商いのやり方はきちんとしているの」

南蛮式の小型帆船は三角帆を張って西に、おそらく外海に向かって走っていた。

「ところで麻衣さん、それがしを長崎遊覧に連れ出したわけではないですよね。もしや篠山小太郎どのとなにか関わりがあるのでは」

空也のほうから用件を切り出した。

「篠山小太郎は偽名よ」

「であっても不思議はありますまい。それがしも長崎では大坂中也ですから、お互いさまです」

「ところがうちはお互いさまでは済まないの」

「と言われますのは、長崎会所がですか」

麻衣は頷き、しばし間を置いたのち、

「このところ長崎会所の船が二度ほど唐人の海賊船に襲われ、積み荷を奪われているの。また乗り組んでいた船頭衆が何人も命を落としたわ」

と言った。

空也が初めて聞く話だった。

「長崎奉行所には福岡藩と佐賀藩の御番衆がおられるのでは」

「ところが会所の船はいずれも長崎を外れた外海で襲われたのよ。奉行所は、長崎の内海に入ってくる異国船を締め出す権限はあっても、外海の海賊にまでは手が回らないの」

「唐人の海賊船なら、長崎にいる唐人衆の知恵を借りられないのですか」

「むろんそれも考えたわ」

と言って、また麻衣が間を置いた。

そこで空也が質した。

「ところで篠山小太郎どのは、この一件にどう関わってくるのですか」

「もうしばらく辛抱して私の話を聞いて、高すっぽさん」

麻衣は島巡りで会ったときに呼んでいた異名を使った。

「唐人の海賊船と言ったけど、海賊船や組織立った襲撃の方法から察して、頭分は唐人ではないと思われるの。こちらの事情をよく承知している。会所の船がいつ外海に出るか、なにが積まれているか、乗り組んでいる者は何人か、鉄砲は所持しているか、すべて承知しているのよ」

「ということは、長崎の人間が関わっている」

「それだけではないの。長崎から追い出された南蛮人、イスパニア人の交易商人が頭分かと思えるの」

　麻衣の口調にはすでに海賊の親玉を承知している様子があった。

「海賊船に奪われた積み荷は、京へ運ぶ異国到来の品々だったの。会所の損害は甚大よ。そしてまた三日後に会所の荷船が長崎から上方《かみがた》へ向かうわ」

「海賊船が会所の荷船を外海で襲うと思われますか」

「そうさせるように、すべてお膳立てしたわ」

「異人の海賊船には大筒《おおづつ》や鉄砲が積まれておりましょう」

「それだけではないわ。イスパニア人の中に、かの国でも剣の遣い手として知られる人物が乗り込んでいる。ホルヘ・マセード・デ・カルバリョという貴族の剣術遣いよ。そして、こちら側で異人の剣術をとくと承知なのは坂崎空也だけ」

「それがしはただ今、長崎奉行松平石見守家家臣、大坂中也でございますぞ」

「この話、長崎奉行所も承知のことよ」

「それがしにどうせよと言われるのですか」

「高すっぽさん、三日後に長崎を出る船に乗り込んで」

　しばし考えた空也は、

「致し方ございません」

と了承した。そのうえで、

「篠山小太郎どのの話はどうなったのですか」

「かの者は長崎をとくと承知よ」

「ならば、どうして道場破りのふたり組の仲間になったりしたのでしょうか。それがしと日見峠で再会したのは偶《たま》さかのことではなかったのですか」

「ひとりで長崎入りするより、道場破りのような不逞《ふてい》の輩と一緒のほうが見逃されると思ったのかもしれないわ。三人組で長崎入りする企てを高すっぽさんが潰してしまった。そこで、日見峠で待ち伏せした。あの人物の本名は菊地成宗《きくちしげむね》、長州藩毛利《もうり》家の家臣よ」

空也は仰天《ぎょうてん》した。

「待ってください。長州毛利様は長崎聞役夏詰の大名家ですよね」

「あら、よく承知ね。奉行所の鵜飼寅吉さんに聞いたのね」

「いえ、別の人物です」

「となると、剣術の稽古をしている黒田様の家臣の方からかな」

「まあ、そんなところです。長崎聞役夏詰の長州藩毛利家家臣の菊地どのが、なぜ偽名で長崎入りするのですか」

「その話、しなければだめかしら」

「長崎会所では、それがしと一緒に菊地成宗どのが長崎入りしたのを承知していたのですね」

「むろんよ」

と麻衣が答えた。

「話を聞かせてください」

「毛利藩邸に入ったあと、菊地成宗が行方をくらましたの」

「それがし、長崎会所にも麻衣さんにも世話になっております。ゆえに手伝いはしとうございます。されど、なぜ菊地どのが篠山小太郎なる偽名で長崎入りしてきたのか、詳しく知りとうございます」

篠山小太郎とは大村城下の町道場で会い、日見峠から長崎に一緒に下ってきただけの間柄だが、その経緯を空也は知りたかった。

「あの人物、清国の上海《シャンハイ》にも何度か渡航しているわ。そして、二度目に長崎会所の船が襲われたときに、菊地成宗が海賊船に乗船していたことは分かっているの」

空也はあの小柄な篠山小太郎こと菊地成宗がさような人物とは、想像もできなかった。そのことに驚いた。

「菊地成宗は、最前話したイスパニア人のホルヘ・マセード・デ・カルバリョの腹心と目されているのよ。つまり長崎奉行所と長崎会所から手配済みの人物なの」

空也は麻衣の話を咀嚼《そしやく》するのに時を要した。

「長崎聞役の長州藩の家臣が、なぜ海賊のような真似をするのですか」

「長州藩のさるお方が望んでいるからよ」

「まさか」

「藩はどこも内所《ないしよ》が苦しい。長崎聞役の長州もそうよ。とにかく奪われた会所の品々が数月後には京で出回った。長崎会所がそれを知って洗い出したら、長州藩に、菊地成宗に行き着いたの」

「ならば、なぜ公儀から長州藩に抗議なされぬのですか」

「坂崎空也さん、剣術は達者だけど、世間の商いの裏表には疎《うと》いようね。長崎会所が扱う品の中には抜け荷の品も混じっているわ。どんな品でも持っている人間を選ばない。どんな悪党が持つ異国の金貨一枚でも、その価値が変わらないのと一緒よ」

「白《しら》を切られたらそれでおしまいということですか」

「そういうこと。長州藩が長崎聞役を利して長崎会所の動きを探っていることも承知よ。だけど、長崎聞役の務めは長崎奉行のために働くことと居直られたら、会所もそれ以上のことは言えないわ」

麻衣が悔しそうに言った。

「つまり海賊行為の現場を押さえるしか策はないと言われますか」

「そういうことよ。長崎会所としては、三度も船を襲われるのはなんとしても食い止めたいの」

ふたりが話に熱中しているうちに、小型の洋式帆船はいつしか外海に出ていた。

帆船が大きく揺れたが、空也は波に揺られることにはすでに慣れていた。その代わり波しぶきが空也と麻衣の両人を濡らした。

外海に出た空也と麻衣の乗る船は、南へと方向を転じたように思えた。

「見て、岬の先端にある大筒が分かる」

と麻衣が空也に告げた。

野母崎《のもざき》だった。

「見えます」

「権現山《ごんげんやま》のある野母に遠見番所《とおみばんしょ》を置いて、異国船の到来を奉行所に報告させるの。海賊船は、遠見番所の目が届かないところで襲うのよ」

空也らの乗る帆船はさらに野母崎を回り込んでいった。すると小さな入江に異国の帆船が停泊しているのが見えた。

「異人の交易船ですか」

「違うわ。海賊船に対抗するために長崎会所が異国から購《あがな》ったオランダ号。船頭も水夫もすべて会所の人間よ。これまで会所が被った損害を取り返すために多額の費《つい》えを使ったわ。こたびはなんとしても海賊船を退治したいの」

空也らが乗る小型の帆船が横付けされると、会所の所有帆船オランダ号は、かなりの大きさと分かった。

「今宵は船頭衆に挨拶だけよ」

と麻衣が言い、縄梯子《なわばしご》が落ちてきて、空也と麻衣は大型帆船オランダ号に乗り込んだ。

二

薩摩藩領内の菱刈郡麓館では新緑の季節を迎えていた。

渋谷眉月は、このところ、

「江戸へと戻るべきか、いま少し祖父のいる麓館に残るべきか」

と思い悩んでいた。

江戸の両親は旅に適した気候を迎えたとき、江戸へ戻ってくるよう書状に認《したた》めてきた。

祖父の渋谷重兼は眉月の心中の葛藤を承知していたが、孫の決心にそのことを委《ゆだ》ねていた。両親のもとで娘が暮らすのは当たり前のことだ。また祖父の独り暮らしが寂しかろうと、祖父と一緒に江戸から麓館に従ってきたが、もうすぐ四年の歳月が過ぎようとしていた。

胸の中に先祖の血、高麗人《こまうど》が住んだという川内川《せんだいがわ》河口の京泊《きようどまり》を見てみたいという想いがあり、鹿児島への旅のあと、訪れていた。さらには高麗《こうらい》へと続く南の海も見ることができた。そして、ひとりの人物が眉月の気持ちに大きく関わってきた。

武者修行中の坂崎空也だ。

空也とともに過ごした一年七月《ななつき》ほど、充実した日々はなかった。

空也が武者修行の旅を続けるために薩摩を出たあと、祖父の文使いとして肥後人吉《ひとよし》を訪ねた眉月は、空也がすでに八代へと旅立ったことを知らされた。

空也が人吉での修行を中断したのは、東郷示現流の高弟酒匂兵衛入道一派に追われてのことだった。

酒匂一派と空也の間に生じた確執は、空也のせいではない。

鹿児島城下の具足開きの場で、薩摩の若き剣客薬丸新蔵が東郷示現流との稽古を願い、断わられた。そこで新蔵は空也を強引に稽古相手に指名し、自らが極めた野太刀流の剣技を藩主らの前で披露した一件に端《たん》を発していた。

東郷示現流では、ふたりの若い剣術家の実戦を思わせる激しい打ち合いに尊厳を傷つけられたと感じた。とくに酒匂一派は、

「薬丸新蔵許し難《がた》し」

の強い信念のもと、新蔵に刺客を放った。だが、そのことを予測していた新蔵は酒匂派の裏をかいて薩摩を出国し、江戸で野太刀流の武名を上げげんとする行動に出ていた。

一方、麓館に旅から戻った空也は、薩摩滞在を終えることにして薩摩出国を企てた。それは眉月との別れでもあった。

空也は、肥後との国境で酒匂一派の頭領酒匂兵衛入道の待ち伏せをうけて尋常勝負に及んだ。この勝負の一部始終を、祖父の命で国境の久七峠《きゅうしちとうげ》まで見送った家臣宍野六之丞《ししのろくのじょう》が見ていたのだ。当然、その経緯と結末は渋谷重兼と眉月に知らさ

れた。さらに六之丞から驚愕の事実が知らされた。口が利けないと思われていた若武者の声を聞いたという。

勝負のあと、峠を越えた空也は、

「蟬《せみ》は鳴き申すぞ、眉姫様！」

との叫びを発したという。空也が薩摩滞在中に口を利かない「無言の行」を己に課していたと知ったのはそのときだった。

八代で眉月は空也に再会することができ、その後、空也は島巡り修行を続け、さらに眉月の体に流れる血、先祖の故国を望遠するために、なんと対馬国の北端の岬を訪ねたという。

眉月の想いを空也は代わりに果たしてくれたのだ。そんな空也に会いたいと思った。

麓館から江戸へ帰るということは、西国での武者修行を続ける坂崎空也から遠のくことを意味した。だが一方で、江戸へ戻れば、眉月の両親も空也の身内もいた。空也の父は、幕府の官営道場というべき直心影流尚武館道場の道場主坂崎磐音だという。空也が麓館を去ったあと、祖父は坂崎磐音に書状を送り、嫡子《ちやくし》の空也が無事に薩摩を去ったと告げていた。それがきっかけで祖父と空也の父磐音との間に文による交流が始まった。最近の江戸からの知らせで、眉月の父が尚武館にて空也の父に会ったという。

江戸に戻れば、眉月の両親はもとより空也の身内にも会うことができる。

だが、空也は未だ西国にいた。

眉月の気持ちは千々《ちぢ》に乱れた。

そんな気持ちを鎮めるために、庭の老梅に目をやった。メジロが枝に止まり、無心に囀《さえず》っていた。

廊下に足音がして、六之丞が、

「眉姫様、重兼様がお呼びです」

と知らせてきた。

眉月は六之丞の顔に昂奮があるのを見てとった。

「どうしたの、六之丞」

「は、はい」

と答えた祖父の家臣は、口を開くことを必死に我慢しているように思えた。

「なにかあったの」

「それがしは殿に眉姫様を呼んで参れと命じられただけでございます」

眉月は、まさか、とは思ったが黙って立ち上がった。祖父の書院に向かおうとすると六之丞も従ってきた。

「爺様、なにか御用でございますか」

と問われた祖父の膝《ひざ》に一通の書状があり、手に持ったもう一通の文はすでに読んだ形跡があった。

「爺様、空也様からの文にございますね」

眉月は祖父の前に座した。膝の上の書状の宛て名の渋谷眉月の書は間違いようもなく空也の筆跡であった。

「爺様、空也様はお元気なのですね」

と問う眉月の背後の廊下から六之丞が、

「高すっぽはどちらにおりますか、殿」

と急《せ》き込《こ》んで尋ねた。

空也が麓館に滞在中、いちばん親しく付き合ったのが六之丞だった。

「ふたりとも落ち着け」

と答えた重兼の返答は複雑な声音だった。

「爺様、まさか空也様の身になにか」

「眉月、息災《そくさい》にしておる。島巡りの修行を終えて、長崎に滞在しているそうじゃ」

　と言った重兼が膝の文を眉月に差し出した。

　眉月は震える手で空也の文を受け取り、差出人を確かめた。そこに名は認められていなかった。

「爺様宛ての文には、なんと書かれていたのですか」

　眉月が尋ねた。

　うむ、と応じた重兼がしばし間を置いて、

「坂崎空也は、ただ今、長崎奉行松平石見守様の家臣大坂中也として、かの地に滞在しているそうだ」

「殿、こたびは偽名にての長崎滞在ですか」

　六之丞が尋ねた。

「眉月、六之丞、幕府の直轄地長崎には西国大名の多くが藩屋敷を構えておる。阿蘭陀の商館もあれば唐人屋敷もあって、多くの異人が住む和国唯一の場所じゃ。もちろん、わが薩摩も、長崎聞役と申して長崎奉行の相談役のようなかたちで藩士が滞在する島津屋敷を置いておる」

　重兼の言葉で、偽名で長崎滞在する理由を眉月はこう察した。

「空也様は、未だ酒匂一派を警戒して偽名を使うておられるのでございましょうか」

「どうやらそのようだ。さりながら、最前言うた薩摩藩の長崎聞役のほかに、長崎には佐賀藩鍋島家と福岡藩黒田家の家臣団が異国の警護を目的に滞在しておる。むろんこの警護団は両藩の武官、御番衆によって形成されておるゆえ、高すっぽの稽古相手に事欠くまい」

六之丞がうんうんと頷き、

「殿、高すっぽが偽名を使うているのは、薩摩の長崎屋敷を通じて酒匂派に所在が知られるのを恐れたからでございますね」

「無益な戦いを避ける気持ちに変わりはなかろう」

「長崎に空也様がおられますか」

眉月が呟いた。

「そなたは長崎を知るまいな」

祖父が孫娘に尋ねた。

「存じません」

「異人のいる町は和国の中でも長崎だけじゃ」

祖父が最前の言葉を繰り返した。

眉月は両手にしっかりと握った空也からの文に目を落とした。

「眉姫様、高すっぽの文を読まれませぬか」

六之丞が眉月に催促した。

「六之丞、独りでまず読ませてもらいます。もし爺様や六之丞に伝えねばならないことが認めてあればお知らせします」

とふたりに約束した。

眉月は部屋に戻り、空也からの文を披《ひら》いた。

「渋谷眉月様

それがし、肥前長崎に到着いたしました。この長崎には島巡りの旅で知り合うた人物がふたりおります。ひとりは長崎会所の町年寄高木様の親類である高木麻衣どの、もうひとりは長崎奉行所の鵜飼寅吉どのです。両名は同じく密偵と思える職を務めておられます。ただしふたりとは時節も場所も異なる島で会い、いされか両人に助けられ、またそれがしが手を貸した間柄でございます。それゆえにそれがしは長崎に入り、まず高木麻衣どのに面談を申し入れましたところ、長崎奉行松平石見守様との面会の席を設けてくれました。松平様は父坂崎磐音を承知しておられる様子で、長崎に薩摩の島津屋敷があることを気にかけられ、それがしが長崎にいる間はわが家臣大坂中也を名乗り、鵜飼寅吉の配下として過ごせとのご配慮をいただきました。ゆえにそれがし、松平様の親切なるお心遣いを受け入れることにいたしました」

と冒頭に長崎を訪れた経緯が認めてあった。

眉月は、空也がどこへ行っても手を差し伸べてくれる人がいることに驚きを隠せなかった。しばし文面から目を離して、晩春の陽射しを浴びた庭を見た。

長崎とはどのような町なのか。

異人とはどのような人々なのか。

江戸とも鹿児島とも違った町、空也がいる長崎を訪ねてみたい、と眉月は思案した。

再び文に目を戻した。

「眉姫様、公儀の遠国奉行の一つ、長崎奉行所は、江戸のお役人衆が集う処とそれがし理解いたしました。一方、長崎会所なる長崎衆の組織は異人相手の交易に携わるゆえか、考え方がいささか異人風かと存じました。またその財力は西国の諸大名も一目置く組織のようでございます。この長崎会所で女密偵を務める高木麻衣どのは、島巡りでそれがしと別れて長崎に戻ったあと、それがしのことを長崎会所の人脈を使って調べたらしく、再会した折りに驚きの事実をそれがしに教えてくれました」

驚きの事実とはなんだろうか。

「なんとわが父が、二十数年前の安永二年の秋七月にこの長崎を訪れていたのです。むろんそれがしが生まれる以前のこと。同行者は蘭方医の中川淳庵先生だったそうです。なぜ父がこの長崎を訪れたか、眉姫様とこの次お目にかかった折りに直に話したく存じます。江戸にて剣術家を志す以前の父にさような一面があったとは不思議な気持ちでありました。と同時に父の純粋な熱情は倅のそれがしに受け継がれているのではないかなどと勝手な考えに落ち、若き日の父に親しみを感じました」

とあった。

眉月は空也がなぜ文中に父磐音の長崎訪問の理由を記しきれなかったのか、訝しく思うと同時に、

「長崎に来よ」

と眉月に願っているのかと勝手な推量をした。

「ともあれ、長崎滞在がどれほどになるか、西国の武者修行の区切りになるのではないかと漠と考えております。もし長崎に文をお出しになる折りは、長崎奉行様気付大坂中也宛てにしてお送りくだされ。いつの日か、眉姫様とは名無しや高すっぽでもなく、また大坂中也なる偽名でもなく、坂崎空也としてお会いしとうございます」

と文が締め括《くく》られていた。

眉月は空也の文を手にしばし沈思し、立ち上がった。祖父の書院を訪れるためだ。

「なんぞ格別なことが認めてあったかな」

「爺様、お読みください」

と眉月は祖父に文を差し出した。黙って眉月の顔を眺めていた重兼が書状を受け取り、読み始めた。

「ほう、高すっぽはどこへ参っても人に助けられたり、人を助けたりしておるのう。あの者の人徳かのう」

と読んでいる途中でまず述べた。

「爺様、長崎会所をご存じですか」

「重豪様の命で幾たびか訪れておる。眉月、長崎は和国のどこの町とも雰囲気が違う。この長崎会所じゃが、異人相手の交易に長年携わっておるで、考えが柔軟と申すべきか、思わぬ返答に面食らったことがある。だがな、高すっぽならば、意外に上手《うま》く付き合うていくのではないか。酒匂一派も長崎市中では勝手な真似はできまいからな」

「爺様、長崎の交易とは異人相手の商いでございますね」

「いかにもさよう。薩摩も琉球《りゅうきゅう》を通して異人との交易を密かにやっておるが、長崎は幕府が許した交易地だ。この実務に携わる地役人の力は、高すっぽが認めてきたようになかなかのものだ。それにしても高すっぽの父御坂崎磐音どのは、蘭方医の中川淳庵どのと、なんの目的で長崎を訪ねられたか」

と思案した重兼が、

「待てよ。安永二年というたか。その頃に異国の医学書『ターヘル・アナトミア』を杉田《すぎた》玄白《げんぱく》や中川淳庵ら蘭方医が翻訳して、『解体新書』として世に公開したのではなかったか。となると、坂崎磐音どのは、中川医師に頼まれて長崎に同行していたのかのう」

との推測を交えて眉月に語った。

「空也様のお父上は医学にも通じておられますか」

「はあてのう」

重兼が首を傾げた。そのあと、空也の文に視線を落としながら長いこと沈思していた。視線を上げた重兼が、

「眉月、そなた、江戸の父母のもとへ戻りたいのではないか」

と尋ねた。

「なぜさようなことを」

「江戸から文が来るたびにそなたが悩んでおるのを、この祖父《じじ》が知らぬと思うてか」

眉月は返答ができなかった。

「眉月、長いこと麓館に引き止めたが、もはやこれ以上祖父の勝手はできまい」

と重兼が言い切った。

「倅の重恒《しげつね》に書状を認めて、そなたが江戸へ戻ることを相談いたす」

「爺様はおひとりで寂しくはございませぬか」

「眉月、人はひとりで生まれ、ひとりであの世に旅立つのだ。そなたの祖母《ばば》を見

送ってから、わし独り長く生きすぎたわ。江戸へと戻るにはいささか仕度も要ろう。そなたの出立は夏の終わり頃になるかのう」

と重兼が言った。

「眉月、浮かぬ顔をしておるな。どうしたな」

「どうもいたしませぬ」

「祖父には分かるわ。この文の主であろうが」

重兼が空也の文を振り、眉月に戻した。

「眉月、薩摩から江戸へ向かう道は、肥後熊本を経由して豊前小倉に至る小倉筋、高岡《たかおか》を経て日向細島《ひゆうがほそしま》に出る東目筋《ひがしめすじ》があるがのう、京泊で船を見つければ、長崎に立ち寄ることもできよう。それでも眉月、麓館に留まると言うか」

眉月の表情がぱあっと明るくなった。

「爺様、長崎に立ち寄ってよろしいのですか」

「わしも久しぶりに長崎を見てみたいでな」

「江戸へ戻ります。その前に空也様のおられる長崎に立ち寄ります」

「ほうほう、急に元気になりおったわ」

「江戸の両親にこのことを認めてようございますか」

「長崎には知らさずともよいのか」

「すぐにも知らせます。空也様には、しばらく長崎に逗留《とうりゅう》するよう文に認めます」

と言った眉月が立ち上がり、

「爺様、お独りでの暮らし、寂しゅうございませんか」

「案ずるな。わしとてやることは未だあるわ」

と重兼が言い切った。

三

江戸の三十間堀三原橋近くにある野太刀流薬丸道場への入門志願者が急増した。

過日、道場破りの武芸者三人の訪いを道場主の新蔵があっさり一蹴したと読売が派手に書き立てたからだ。

武左衛門と品川柳次郎が今津屋の老分番頭由蔵の口利きで読売屋に会い、武左衛門が大仰に薬丸新蔵の西国剣法についてまくし立てたことが意外にも功を奏し、読売に載った結果、入門志願者が現れたのだ。武左衛門はこの様子に、

「見よ、柳次郎。座して入門者を待つようではだれも来ぬ。こうしてな、あの薩摩っぽの剣術を知らしめたことで、かように入門者や見学者が増えたのだぞ」

と胸を張って威張った。武左衛門が品川柳次郎の屋敷を訪ねてきて、読売を見せて自慢したのだ。

「まあ、それはたしかだが、見学に訪れたのが六、七人か。入門したのはたったの三人ではないか。それがしの見るところ、ひとりは長続きすまい。うまくいってふたり残るか、その程度だな」

柳次郎が冷静に応じると、

「おい、柳次郎、小梅村の諸葛孔明《しよかつこうめい》の企てはこれで終わったわけではないわ」

と武左衛門が言った。

「旦那、またなにか新たな手を考えておるのか」

「おお、読売屋に二つ目の策を授けたのよ」

「二つ目の策とはなんだ」

「まあ、黙ってわしの考えを見ていよ」

武左衛門は、再び読売屋を訪ね、新たなる話を売り込んだという。柳次郎に武左衛門がもう一枚の読売を見せた。そこには、

「野太刀流薬丸道場、入門者殺到」

との大見出しがあった。

「武左衛門の旦那、入門者殺到など、いくら読売が講談まがいに大仰な嘘を書くとしても、これはひどくないか」

と言いながらも、柳次郎が読売の本文を読み始めた。

そこには、

「こたび、薬丸道場では新たなる企てを発表することとなった。道場主薬丸兼武は、江都の剣術家諸氏に対し、道場破りの来訪を大歓迎する旨を明らかにしたというのだ。それはひとえに薩摩剣法を東国で知らしめるため、東国剣法の遣い手からの手合わせを受け、勝負に負けた者には野太刀流への入門を勧め、反対に野太刀流に一矢《いっし》報いた者には、一金五両を支払うことを決めた」

とあった。

「おい、旦那、この読売は真《まこと》であろうな」

「真とはなんだ」

「読売を使い、かように仰々しくも書かせた内容だ」

「読売屋もネタ涸《が》れの時節、この武左衛門の企てにあっさりと乗ったわ」

と武左衛門が平然と言った。

「それがしは知らぬぞ、かようなことは」

「なんだ、柳次郎にもひと稼ぎさせてやろうと考えておったが、他人の親切を断わるつもりか」

「旦那の考えでひどい目に遭《お》うたことはいくらもあるが、なにか得したことなど皆無だからな」

「柳次郎、読売が売り出された日から続々と薬丸道場に冷やかしの見物人のほかにな、五両目当ての道場破りが姿を見せておるのだぞ」

柳次郎は武左衛門に、

「おい、旦那、この話、薬丸新蔵どのの了解を得て読売屋に書かせたのであろうな」

「いや、あの薩摩っぽは一切知らぬ」

「どういうことか。新蔵どのが五両もの金子を持っておるのか。いや、その前に、道場破りを受けて立つことを新蔵どのに許可もとらず、かような真似をするなど、あまりに乱暴ではないか」

「柳次郎、そなた、御家人《ごけにん》ゆえささやかな給金を公儀から頂戴していよう。ゆえに職なき人間の苦衷《くちゅう》が分かっておらぬ。この際、薬丸新蔵、ここにあり、と名を売ることに努めなければ、あの道場は早晩潰れるぞ。それに新蔵の腕前はなかなかのものだ。だが、東国では薩摩剣法など知られておらぬ。ゆえに」

「そんなことは分かっておる。だがな、新蔵どのが万々が一負けた場合はどうなる。新蔵どのが持っているとは思えぬ五両は、旦那が払うのか」

「柳次郎、この武左衛門と何十年付き合うておる。わしが五両などという大金を持ち合わせたことがあるか」

「なんともいい加減な二番煎《せん》じに読売が乗ったものだな」

と答えた柳次郎がしばし腕組みして沈思した。

「なんだ、心配事がほかにあるのか」

「新蔵どのは薩摩の御家流儀の東郷示現流に睨まれておるのであろうが。この読売を見た薩摩の面々がどう考えるか。薩摩者が新蔵どのの道場に押しかけるやもしれぬぞ」

「おお、それは考えもしなかったわ。じゃが、それはそれで面白い。三本目の読売に繋がりそうじゃ」

「なにが面白いだ、なにが三本目だ。命がかかった話だぞ、手前勝手すぎないか。

新蔵どのが大怪我をするようなことになったらどうする」

「柳次郎、この江戸で薩摩剣法の道場を開くと決意したときから、新蔵は命をかけておるのだ。道場破りであれ、東郷示現流の面々であれ、新蔵が負けたとなれば、五両もへちまもあるか。新蔵が死ぬときよ。その覚悟が薬丸新蔵になければ、薩摩剣法を売り出す道場など開けるか」

武左衛門が柳次郎に啖呵を切った。

「うーむ、旦那の言うことも分からぬではないが、厄介を呼び寄せることにならぬか」

柳次郎は懸念の顔をした。

「おい、柳次郎、野太刀流薬丸道場の背後にはだれが控えておる」

「だれが控えておるというて、まさか旦那とは言うまいな」

「おお、知恵者のわしが控えておる。そればかりではないぞ、尚武館坂崎磐音が後ろ盾におるではないか。薩摩がいくら西国の雄藩とはいえ、この江戸で勝手はできまい。神保小路の主が睨みを利かせておるのだからな」

武左衛門が言い切った。

柳次郎の不安をよそに、五両ほしさに道場破りが押しかけ、薬丸新蔵に挑む者

が続出した。その場には、まるでお店《たな》の番頭のように武左衛門が控えていて、

「ご一統、よろしいか。順番じゃぞ。よいな、薩摩剣法は東国剣法より激しい、それを覚悟のうえでな、道場主薬丸兼武と勝負なされ。そなたらが負けた折りは、当道場の門弟になるのだぞ。むろん入門料一分は払ってもらう。一分の持ち合わせのなき者は、立ち合いはできぬ」

と手際よく新蔵の相手を決めた。

武左衛門の強引な策が今のところ当たり、もはや尚武館道場の面々が見せかけの門弟を務める要もなくなった。


そんなある日、品川柳次郎が内職の品を問屋に納めに行った帰りに、神保小路の坂崎邸を訪ねた。

昼下がりの刻限で、磐音は尚武館道場から母屋《おもや》に戻っていた。

「品川さん、久しぶりですね。三十間堀の薬丸道場は、入門志願者が絶えぬと聞きました。なによりです」

「坂崎さんはなぜ薬丸道場に入門志願者が急に押し寄せてきたか、その曰《いわ》くをご存じですか」

「おや、なにか曰くがありますか」

「あります」

柳次郎は武左衛門が考えた読売を使う策を、こと細かに磐音に報告した。

「なんと、武左衛門どのがさような手立てを講じられましたか」

「最初の読売への売り込みは、この品川柳次郎も手伝いましたが、道場破りを五両の金子で呼び込むような二番煎じの読売にはそれがし、一切関わっていません。武左衛門の旦那の思い付きに読売屋が乗せられたのです。まるで浅草奥山《あさくさおくやま》や広小路の見世物ではありませんか」

柳次郎は憤慨の表情を見せた。

「薬丸新蔵どの自身はどう言うておられますかな」

「それがしが関わった最初の読売の折りには、『そのような手がありましたか』と感心していましたがな。薬丸新蔵どのは、なにしろどなたかと同じく剣術一筋、ほかのことには目が向かない。入門志願者が増えたことを喜んでいると、武左衛門の旦那から聞いてます」

磐音はしばし沈思した。

「品川さんの懸念はなんですか」

「読売を使っての鳴り物入りの触れ、薩摩藩を怒らせませんか」

柳次郎の懸念はもっともだと磐音は思った。

「武左衛門の旦那は、薬丸新蔵どのの後ろ盾は、こちら尚武館道場の坂崎磐音どのゆえ案ずることはないと、平然としています」

「品川さんが心配なさるような、薩摩の動きがございますか」

「いまのところは見えません」

と柳次郎が言ったとき、中川英次郎が門弟の板垣助太郎《いたがきすけたろう》を伴い、母屋に姿を見せた。書状を手にした板垣は、尚武館に入門したての福岡藩黒田家の家臣だった。

「品川様、先日はどうも」

と挨拶した英次郎が、

「磐音先生、板垣どのが福岡藩の堂南健吾様とおっしゃるお方の、先生に宛てた書状を届けてくださいました」

と言った。

「おお、堂南どのとは懐かしい名を耳にいたします。堂南どのがそれがしに書状を認められたとは、どうしたことでござろうか」

「堂南様はただ今、長崎の黒田屋敷に長崎聞役として派遣されております」

磐音は板垣から書状を受け取ると、

「長崎ですか」

磐音は空也の一件かと察した。

そこでふたりを座敷に請《しょう》じ上げ、おこんと睦月《むつき》を呼んだ。

「あら、英次郎さん、お見えになっていたの」

睦月がにこやかな顔で姿を見せた。

「おまえ様、私どもをお呼びとはなんぞございましたか」

そう問うおこんの視線が磐音の持つ書状にいった。

「空也からの文でございますか」

「いや、福岡藩の堂南健吾どのからの書状である。内容は分からぬが、堂南どのはただ今長崎の警護をなす長崎聞役なる役目であるとか」

「と申されますと、空也の文とは違いますので」

おこんががっかりした顔をした。

「母上、堂南様の書状を父上がお読みになってから、そのような顔をなされても遅くはございますまい」

睦月がおこんの態度を咎《とが》めた。

「あら、さようですね」

と顔を赤らめるおこんから板垣に眼差しを向けた睦月が、

「わが母はどのような書状でも兄から届いたものでなければ、あのようにがっかりなさるのです。板垣様、お許しください」

「わが母とよう似ておられます。ああ、そうだ、磐音先生、その書状は堂南様が長崎からわが藩の御用嚢に入れて、さらに福岡にて江戸への御用嚢に入れられたものです。どのような飛脚便より早く届いていると、用人が申しておりました」

と板垣が言った。

頷いた磐音が、

「まずは拝読させていただこう」

と書状を披き、よほど急いで認めたものか、早書きの書状をまずは一読した。

「ふっ」

と息を一つ吐いた磐音が読み下した書状を手に仏間に行き、書状を仏壇に捧げて合掌した。

「おまえ様、空也のことに触れている書状にございましたか」

おこんが磐音に質した。

書状を仏壇から下げて座敷の五人に向き直った磐音が、

「おこん、堂南どのの書状には空也と長崎にて会うたことが認められておる。のちほど、得心いくまで読みなされ」

品川柳次郎がうんうんと頷いた。

「空也は息災なのですね」

「息災じゃ。ただ今長崎奉行松平石見守様の家臣大坂中也として長崎に逗留し始めたところじゃ」

「父上。兄上はまたなぜ長崎奉行様の家臣大坂某などという偽名を使って長崎におられるのですか」

「長崎には薩摩屋敷もあるゆえ、空也が長崎に姿を見せたことが東郷示現流酒匂一派に伝わりかねない。ゆえに偽名にての長崎滞在だと認めてあった」

「磐音先生、やはり今も空也様は、薩摩の酒匂一派の追っ手を案じながら武者修行を続けているのですね」

中川英次郎が不安げな声音で尋ねた。

「島巡りを続けても追っ手は振り切れなかったようじゃな。酒匂一派にとっては意地の戦いのようじゃ。もはや薩摩藩藩主島津齊宣様の命も東郷示現流師範方の言葉もきかぬようじゃな」

「いつまでかような戦いが繰り返されるのですか」

「はて、空也を斃すまでこの戦いは続こうな」

「おまえ様」

おこんが悲鳴を上げた。

「おこん、三年前、関前で見送った折り、かようなことはわれらも覚悟したことじゃ。今に始まったことではない」

磐音がおこんに言った。

しばし沈黙が座を支配した。

「それがし、長崎の警護に未だ加わったことがございません。されど長崎には堂南様をはじめ、福岡藩の御番衆千人余が逗留しておられます。空也どのへの無法な真似を、幕府直轄領長崎で薩摩の方々がなさるとは思えません」

と板垣が言った。

「そうよ、黒田様のご家来衆には、兄が武者修行の先達として敬愛する松平辰平様がおられます」

と睦月も言った。

その松平辰平は国許の福岡に帰藩していた。そして、福岡から長崎はさほど離れてはいなかった。

「板垣どの、睦月、空也が一番恐れるのは、薩摩以外の大名家がこの争いに関わることであろうと父は考える。空也がどのような始末の付け方をなすか、この父には察せられぬが、空也ひとりで東郷示現流酒匂派一派との決着をつけるしかあるまい。武者修行に挑むとはそういうものじゃ」

磐音が言い切った。

「おまえ様」

おこんがまたも悲痛な声を上げた。

「おこん、堂南どのの書状を読みなされ。両者の戦いに加わらずとも、空也を想う人々がおられるのだ。決して空也ひとりで武者修行ができるものではない」

と言って磐音はおこんに書状を渡した。

おこんが潤んだ両眼を拭《ぬぐ》うと書状を読み始めた。

「長崎ですか。どのようなところでございましょう」

と睦月が呟いた。だれも答えない。いや、長崎の地を知らぬので答えられなかったのだ。磐音がなにか応じようとしたが口を開かなかった。

「兄上はなぜ文をお書きにならないのでしょうか」

　睦月が父に尋ねた。

「堂南どのは、空也と初めて会うた夜に、眠れぬままにこの書状を認められたそうな。ゆえに空也には文を出すことを断わっていないと書かれてあった。空也はこれまでの島巡りとは違い、長崎の雰囲気に慣れた頃合いに文を書こうと考えておるのではなかろうか。堂南どのの文面からなんとなく、空也の気持ちが察せられた」

　と磐音が推測した。

「おまえ様のおっしゃるとおりかと思います」

と堂南の書状を読んだおこんが磐音に賛意を示した。そして、

「遠いところを旅しているのですね」

　と呟いた。

「母上、私にも堂南様の書状を読ませてください」

　と睦月が願い、おこんが手渡した。

「おこん、堂南どのの書状を読んで、空也は長崎を西国修行の最後の地と考えていると思わぬか」

「私もそのように思いました」

「長崎を最後に、兄上は武者修行を終えられるのでございますか」

とまだ堂南の書状を読んでいない睦月が両親に訊いた。

「いや、武者修行は未だ終わってはおるまい。だが、長崎を西国修行最後の地と心に決めておるような気がしてな」

「父上、英次郎様と板垣様と一緒に堂南様の文を読んでようございますか」

「構わぬ」

と磐音が許し、睦月は英次郎と板垣助太郎のふたりに挟まれて三人一緒に書状を読み始めた。

品川柳次郎は、空也の武者修行が坂崎一家を堅い絆で結びつけているのだと、感じていた。

四

空也は福岡藩長崎屋敷の道場での朝稽古を終えると、船大工町の福砂屋に立ち寄った。

「おや、大坂中也様、先日は大変お世話になりましたな。長崎の暮らしには慣れましたと」

と番頭の福蔵が迎えてくれた。

「お蔭《かげ》さまで長崎を楽しんでおります」

福蔵が空也の姿を見て、

「どこぞに出稽古に参られたと」

「黒田様の長崎屋敷の道場で稽古をして参りました」

「おお、浦五島町から参られましたか」

「喉が渇きました。茶とカステイラを頂戴しとうございます」

「おや、うちのカステイラを気に入っていただけましたか」

福蔵が嬉しそうに女衆に空也の注文を命じた。

「大坂様はお奉行松平様のご家来でございましたな」

「はい。されど書き物仕事には不慣れゆえ、まずは鵜飼寅吉どのの下で長崎に慣れるのが仕事といえば仕事です」

女衆が盆に茶とカステイラを運んできた。

「頂戴します」

空也が小さな皿に載せられたカステイラを木包丁で刺したとき、

「おお、先日、大坂様のことを尋ねられたお武家様がいらっしゃいましたと」

と番頭が言い出した。

「おや、どなたでございましょう」

空也はもはや薩摩方に正体を暴かれたかと考えた。

「小柄なお方でございましてな。なんでも一緒に長崎入りしたと申されました」

「篠山小太郎どのかな」

空也は呟きながらカステイラを食し、

「なんとも美味です。江戸の母や妹にも食してもらいとうございます」

と福蔵に笑いかけた。

「大坂様ほど、うちのカステイラを美味しそうにお食べになる男衆はおられませんと。お江戸の母御様と妹様にも食していただきとうございますたい。きっと大坂様のお身内ならば気に入ってもらえまっしょ」

「母も妹も間違いなくこのカステイラのとりこになります」

と返答をした空也は、

(眉姫様にも馳走したい)

と思った。そして、不意に眉月が未だ麓館の祖父のもとにいるのであろうかと想いを巡らせた。

「最前のお方ですがな、大坂様が長崎奉行所のお方とつい私が洩らしましたと。すると大変驚かれた様子でした」

「さようですか。その方が篠山様ならば、日見峠から一緒に長崎入りし、出島の門前で落ち合うことを約定《やくじょう》して別れたのです。お互いの身分については承知しておりません」

「私の推量ですもん、あのお方は大坂様の腕を頼りにしとうと違うやろか。それで松平様のご家来衆と思わず私が洩らしたもんでたい、びっくりしとらしたとやろ」

番頭は言い添えた。

篠山小太郎と名乗った人物の正体が長州藩毛利家の家臣菊地成宗だと、すでに空也は承知していた。なんの用で空也の腕を頼りにしたいのか。まさか長崎会所の船荷を強奪する手伝いをさせようとしているのかと、空也はカステイラを食しながら考えた。

「そのお方から、こんど大坂様がうちに見えられたら会いたい旨、言付《ことづ》けがございますと」

「いつ、どこでであろうか」

「日にちは言われんばってん、夕刻五つ（午後八時）、唐寺の興福寺《こうふくじ》と言いなったと」

「相分かりました」

空也は福蔵を通して菊地成宗の言葉を受け取った。

福砂屋を出た空也は、長崎会所に戻り、高木麻衣に面会を願った。

「あら、大坂さん、私の顔を見に来たの」

「まあ、そのようなところです。ただ今、福岡藩黒田家の道場に出稽古に行き、帰りに福砂屋まで足を延ばしカステイラを食してきました」

「よほど気に入ったようね」

と笑った麻衣に、菊地成宗から伝言があったと告げた。

「おや、高すっぽさんはだれからでも頼りにされるとね。どげんする気ね」

「どのように対処すべきか、それがし、麻衣さんに尋ねに参ったのです。むろん他人の荷を強奪するような行いの手伝いをする気は毛頭ありません」

と空也は麻衣に言った。

「待って。叔父と相談してくるわ」

麻衣は長崎会所の供待《ともまち》部屋に空也を請じて、奥へと姿を消した。

長い刻が過ぎた気がした。

「待たせたわね、高すっぽさん」

と言いながら麻衣が戻ってきた。たっぷりと半刻は過ぎていた。

「会所にとってもこたびのことは一か八かの賭けなのよ。長崎奉行松平様の家来大坂中也を菊地某がどこまで信じているのか。今晩五つの刻限、あか寺を訪ねてくれない」

「あか寺とはなんですか」

「あら、堪忍たい。あか寺は興福寺の通称たい。ばってん、どげん曰くであか寺と呼ばれるか、わたしゃ、知らんと。唐人の国の南京《なんきん》の出の船主たちがたい、寄進して建てた寺やけん、南京寺とも呼ばれると。寛永年間（一六二四〜四四）に建てられた唐人の寺の一つたい。山門も鐘鼓楼《しょうころう》もなかなか立派やもん」

「麻衣さん、それがし、未だ寺にはさほど関心がありません。会所が篠山小太郎こと菊地成宗どのに会えと言われるならば、今晩興福寺を訪ねてみましょう。もし会えたとしたら、どうすればよろしいのですか」

「相手方は、あなたがすでに何者か承知なのではないかというのがたい、会所の町乙名《まちおとな》方の意見たいね。会所も長州藩もお互いに横目《よこめ》を入れているのよ」

「横目とはなんですか」

「まあ、正体を隠して相手方から情報を探る人間のことね。男衆ばかりか女衆もいるわ。そんなわけだから、お互いが偽の情報を流したり、その中にほんものの情報を織り交ぜて相手の反応を見たり、混乱させたりするの。幕府直轄領の長崎では奉行所と会所、奉行所と長崎聞役の大名諸家が狐《きつね》と狸《たぬき》の化かし合いを繰り広げていると思って」

「なんとも厄介で、それがしには手に負えません」

「とにかく松平様の家来と称した高すっぽさんは、会所の頼みで江戸から長崎に呼ばれた剣術家ではないかと、相手方は考えているふしがあるとよ」

「麻衣さん、それがし、武者修行者ですよ」

「そのことについては町年寄をはじめ、町乙名方に懇々と説明してあるわ、高すっぽさんがマイヤー・ラインハルトを始末した一件を会所では承知しているからとね。でも、相手方は、長崎奉行所やうちとの付き合いを始めた高すっぽさんのことを気にかけているはずだというのよ」

「では、どうすればよいのです」

「明朝、会所の船が出ることを相手方が承知かどうか、確かめてほしいの。このたびの上方《かみがた》行の交易船の出立は、これまで以上に極秘にしてきたわ」

「もし承知しているとするならば、明朝の交易船は出航しませんか」

「いえ、どんなことがあっても予定どおりに出航するわ」

「なんとしても相手方に襲わせる心積もりですか」

「そういうこと。まず菊地成宗があなたに会ったとしたら、あなたが会所の交易船に乗るかどうかを確かめるはずよ」

「それがしは、松平様の家臣の大坂中也です。そのような人間が長崎会所の交易船に乗るはずがありません」

「と思うかどうかは、相手次第よ」

「麻衣さん、それがしはそなたや鵜飼寅吉どののように密偵ではございません。複雑な駆け引きはできません」

「それがいいのよ。ひょっとしたら菊地成宗が高すっぽさんに、なんらかの情報を洩らすかもしれない。あるいは長州藩の強盗船に乗らないかと誘われるかもしれないわ」

「それがしは押し込み強盗を働くどこぞの藩の船には乗り込みません」

「あら、その手も意外に面白いかもしれないわね」

「麻衣さん、冗談はよしてください」

「いいわ。高すっぽさん、まずは今晩興福寺を訪ねてみて。相手の出方が分かれば、それはそれでやりようがあるもの」

堺筒の使い手、長崎会所の女密偵が平然とした口調で空也に願った。

「麻衣さん、そなたに島で会って以来、それがし、いいように使われているような気がします」

「高すっぽさん、あなたは武者修行の若侍よ。私はあなたに相応《ふさわ》しい好敵手を引き合わせているの。有難いと思いなさい」

と麻衣が言った。


なんと神保小路の尚武館道場に、二日続けて西国から書状が届いた。

このたびは空也からの書状だった。書状は、長崎奉行所を通じ、幕府の御用嚢に入れられて、遠国奉行を差配する老中の御用部屋に届いたのだ。

尚武館坂崎磐音に宛てられた書状は、折りしも登城していた速水左近《はやみさこん》に手渡され、速水が下城の際に神保小路に立ち寄って、坂崎磐音に届けたのだ。

「速水様に文使いをさせてしまいましたか。恐縮至極にございます」

磐音がまず速水に詫びて、おこんらを呼んだ。

養父速水左近の来訪におこんは睦月を手伝わせて茶菓の仕度をなした。

「磐音どの、それがしの孫どのはどうやら長崎におるようじゃな」

速水が空也を孫と呼んで質した。母のおこんが磐音に嫁ぐ折り、町人のおこんは速水家の養女となり、尚武館に嫁入りしたのだ。ゆえに磐音とおこんの子の空也は、速水にとって「孫」というわけだ。

「はい、半月ほど前でしょうか、島巡りを終えた空也は長崎に到着したようでございます」

と磐音が答えた。

「おや、倅どのの長崎入りをこの家ではすでに承知のようじゃな」

「昨日、筑前福岡藩の長崎聞役堂南健吾どのから文を頂戴いたしまして、われらに空也の長崎入りを知らせてくださいました」

「堂南健吾どのな、以前尚武館の門弟であった人物じゃな」

「いかにもさようにございます。その堂南どのと空也は、長崎奉行所の剣道場で偶《たま》さか会うたようでござる」

と前置きした磐音が堂南からの書状をまず速水左近に渡した。

「拝読してよろしいか」

「速水家と坂崎家は身内です」

磐音は速水が堂南の書状を読み始めたのを見て、仏間の仏壇に空也の文を供えて合掌し、座敷に戻って文を披いた。

そこへおこんと睦月が茶菓を携えてきた。

「おや、おふたりして文を読み合うておられますか」

と洩らしたおこんは亭主の手の文を見て、

「おまえ様、もしや空也からの文にございますか」

と座しながら尋ねた。

「二日続けて西国から書状が届くとは珍しいな、おこん」

「空也からの文にはなんと認めてございますか」

「堂南どのの書状より簡略じゃな。無事に島巡りの修行を終え、長崎入りしたことと、長崎奉行松平石見守貴強様の家臣大坂中也の名で過ごすことになったと認めてあるだけじゃ」

と磐音がおこんへ文を渡した。

「なんとも素《そ》っ気《け》のないことでございますね」

と言いながらもおこんは空也直筆の文を熟読した。

堂南の書状をじっくりと読んだ速水左近が、

「ふうっ」

と息を吐いた。

「空也は未だ酒匂一派の追っ手を気にしながら旅をしておるか」

と嘆息した。

「速水様、これも修行の一つかと存じます」

空也の文を読むおこんが、ちらりと磐音を見た。

「母上、兄上からの文になにか気になることが認められておりましたか」

睦月が訊いた。

「いえ、父上が申されたように、堂南様の昨日の書状にただ今の空也の近況がすべて認められてあります」

と応じたおこんが、磐音に書状を戻した。それを磐音は文使いをしてくれた速水左近に手渡した。

「母上、いつ武者修行を終えるのか、さようなことは認めてありませんか」

睦月の問いにおこんが顔を横に振った。

「江戸の皆様が案じているというのに、兄上ったら呑気なものですね」

「睦月、かようなことは若い折りにしかできぬことでな」

そう応じた磐音は、空也が望海楼を訪ねた事実を考えていた。空也も睦月も知らぬ父親の行動であった。

その夜のことだ。

磐音が行灯の灯《あか》りを頼りに長崎奉行松平石見守貴強に礼状を書いていると、おこんが寝間に入ってきた。

「おまえ様」

「うむ、どうしたな」

「空也の文にて久しぶりにおまえ様の若い日の純情を思い出しました」

「さようか。望海楼を訪ねたという行《くだり》でそなたには分かったか」

「はい」

と答えたおこんが、

「養父上《ちちうえ》はなんのことかお分かりになりますまい」

「分からぬであろう」

「空也は父親の二十数年前の行いを承知しているのでございましょうか」

　磐音がおこんの問いに応じるまでにしばし間があった。

「間違いなく承知であろう」

「人の運命《さだめ》とは不思議なものでございますね。おまえ様と奈緒様は物心ついた折りから許婚であったにもかかわらず、藩の騒ぎで仲を引き裂かれ、この私と所帯を持つことになりました。おまえ様、奈緒様を嫁にすることを諦めねばならなかった若い日の苦悩を、空也が分かってくれましょうか」

「長崎に空也が立ち寄ったと聞き、正直申して長崎へのそれがしの旅を思い出さぬではなかった。あの旅は、この世に抗《あらが》えぬことがあることをそれがしに教えてくれた。その意で言えば、自らを知る旅であったのであろう。二十数年ののち、空也が親の行状を知ることも武者修行の一環ではなかろうか」

　こんどはおこんが沈黙した。

「おまえ様、こんを嫁にして幸せでございますか」

「おこん、聞かずともよきことを尋ねるでない。だが、一つだけ言うておこう。奈緒のことを諦めざるを得なかったゆえに今の幸せがあるのだ。このことをそなたにも空也にも睦月にも承知していてもらいたい」

しばし沈黙があって、おこんの口から、

「はい」

という返事が洩れた。

(鴛鴦《えんおう》や　過ぎ去りし日に　なに想ふ)

磐音の胸に、白扇《はくせん》に認められた五七五が浮かんだ。長崎の望海楼の朋輩《ほうばい》に残した奈緒の俳句だった。それは明らかに磐音への想いであった。

「おまえ様より、苦しみ悩まれたのは奈緒様でございますね」

「ゆえに奈緒のただ今の幸せもあるのだ」

「いかにもさようですね」

おこんが端然とした口調で応じた。

磐音は再び長崎への文の続きを認め始めた。

春の終わりの宵闇のことだった。

第五章　過ぎし日に

一

『長崎名勝図絵』曰く、
〈東明山《とうめいざん》興福寺は医王山《いおうざん》の右にあり。禅宗臨済派の唐寺なり。俗に南京寺《なんきんでら》と称す。境内凡《およそ》五千九十四坪なり〉

その夜、長崎の人に「あか寺」として親しまれる興福寺の山門を、五つ前に空也はくぐった。すると鐘鼓楼から五つを知らせる鐘の音が境内に響いた。
寛文《かんぶん》三年（一六六三）の大火で市中がことごとく焼け、その折りに鐘鼓楼も焼失した。元禄四年（一六九一）に再建されたのちもたびたび修理が行われた。重層にして朱丹《しゅたん》塗り、建物上層に梵鐘《ぼんしょう》を吊って太鼓を置き、楼の四方に火灯窓《かとうまど》を開いて、鐘の音が市中に響くようにしてあった。

空也は梵鐘の音が消えるのを待って境内に入った。するとどこからともなく空也を見つめる「眼」があるのを意識した。

空也は鐘鼓楼のかたわらに建つ媽姐堂《まそどう》の背後に人の気配を感じた。だが、声をかけることもなく動こうともしなかった。

空也は修理亮盛光と脇差を差した姿で時が過ぎるのを待った。

どれほどの時が経過したか。

空也の背後に人の気配がした。

振り向くと、小柄な影が一つあった。

「篠山小太郎どの、お招きにより参上いたしました」

空也の言葉に相手は反応しなかった。

「それがしになんぞ御用ですかな」

「まさかそなたが長崎奉行所に関わりの者とはな」

小太郎の声音には驚きがあった。

「そなたもどこぞの大名家の家臣とか。お互い旅の空の下で出会うた者同士、すぐには正体を明かさぬものでございましょう」

小太郎が笑った。

だが、間合いをとって決して近付こうとはしなかった。

「篠山小太郎と高すっぽの間柄のまま、付き合いを続けますか」

「それもよかろう」

「用件をお聞きしましょうか」

「長崎奉行松平石見守家臣大坂中也とはたしかかな、高すっぽ」

念押しした。

「それがしは一介の武者修行者。偶さか長崎での寝起きに便よきゆえ、さような方便を受け入れました」

と空也が事実を語った。

「長崎奉行の家臣ではないと言うか」

「それがし、島巡りの最中に長崎奉行所の密偵と思しき者と知り合いました。そのことを、小太郎どの、そなたと出島の橋前で別れた後に思い出し、人に案内されて再会いたしました。偶さかわが父の名を松平様が承知で、かような方便を使い、長崎に滞在することを許していただいたのです」

空也はできるだけ真実を語ることに努めていた。そのほうが相手は信じやすいことを承知しているからだ。

「福岡藩黒田家の長崎屋敷にも顔を出しておるな」

小太郎の言葉遣いではなく菊地成宗のそれに変わっていると、空也は思った。だが、そのことには触れなかった。

「よう承知ですね、小太郎どの」

空也の反論に応ずる気がないのか、篠山小太郎はしばし黙り込んだ。

篠山小太郎は、空也の身許を未だ知らぬのではないかと、空也はふと思った。

「福岡藩は長崎警護の御番衆を長崎に派遣しておられる大名家、千人もの藩士方は大半が武官です。これほど稽古相手が集まる場所は西国の中でも滅多にございません。それがしにとって願ってもない稽古場です」

と応じた空也は、小太郎の中になにか迷いが生じているように受け取った。

「そろそろ用件をお話しくだされ」

「大坂中也の名は、長崎に逗留するための方便と言うたな」

執拗に念押しした。

「いかにもさよう」

「本名を聞かせてもらおうか」

再び質した。

「大村城下で道場破りのふたり組に加わっていた篠山小太郎どのと、長崎でそれがしに授けられた名の大坂中也の関わりでは不都合ですか」

「なぜ本名を使わぬ。武者修行者が偽名を使うなど訝しいではないか」

「いささか事情がございましてな。ですが、そのことは小太郎どの、そなたには関わりのないことです」

「あくまで偽名でそれがしと付き合うと言うか」

「最前からの繰り返しで同じ問答ですね。お互い事情がある身のようです。長崎に滞在中、お互い偽名にて付き合うのも一興かと存じます」

篠山小太郎は沈思した。

「なんぞ御用があれば申されよ。一期の縁に応えられることならばお聞きしましょう」

「そなたに稼ぎ仕事を紹介しようと思うたが、無駄であったか」

篠山小太郎こと菊地成宗が恩着せがましく言った。

「ほう、親切にも仕事の口利きをしていただけますので。仮の身分とは申せ、それがし、長崎奉行松平様の家臣です。その稼ぎ仕事とやらは差し障《さわ》りはございませんか」

「どうやらそなた、それがしの身分を承知のようだな」

「承知しております。そのうえでお互い偽名の付き合いのほうが気楽ではありませんか、小太郎どの」

「若いがなかなか強《したた》かじゃな」

「小太郎どののほどではございません」

「重ねて訊く。明日から数日、それがしに付き合う気はあるか。それなりの金子は得られる」

「小太郎どの、武者修行のそれがし、腹を満たすだけの金子があればそれで充分です。余分な金子は要りません」

「一期の縁の朋輩では信じられぬと言うか」

「信じるとか信じないではないのです。武者修行者にとって金子は不要と申したまで。小太郎どのは、長崎に金子を稼ぎに来られましたか」

空也の反問に小太郎が黙り込んだ。

「偽名であれ、お互い立場が違います。仕事の申し出、有難く存じますが、お断わり申しましょう」

空也の答えは明快だった。

「そなた、あくまで長崎奉行の家臣として長崎で過ごすと申すか」

「そうお考えになって結構です。それがしにとって、かように稽古相手の集まる長崎は得難い場所なのです。そのほかはそれがしにとって些細《ささい》な事柄です」

小太郎が片手を上げた。すると媽姐堂の奥から三つの影が現れた。手に南蛮渡来の鉄砲や短筒《たんづつ》を構えた唐人らだった。

「小太郎どの、なんの真似です」

「大坂中也、そなたの言葉が信じられぬでな。悪いがそなたの武者修行は今晩で終わりにしてもらう」

「それは困りましたな」

短筒を持った唐人が間合いを詰めようとした。一方、鉄砲を構えた唐人は動こうとはせず、その場から空也に狙いを定めた。

そのとき、空也が背にした山門の屋根や石垣上の漆喰塀から強盗提灯《がんどうちょうちん》の強い光がいくつも照射され、篠山小太郎と唐人三人の姿を浮かび上がらせた。屋根や漆喰塀には、鉄砲を構えた人影があった。唐人三人の倍の人数だ。

「おのれ、高すっぽ、本性を現したか」

空也は、まさか自分に影警護がついているとは考えもしなかった。高木麻衣の手配りであろうか。

「小太郎どの、今宵は素直に引き上げなされ。許します」

篠山小太郎が罵り声を上げた。

唐人たちが鉄砲や短筒を構えたまま、後退していった。争いに慣れた唐人だった。海賊船の乗組員であろうかと空也は考えた。

「小太郎どの、縁があればまたお会いしましょう」

空也の言葉に背を向けた篠山小太郎こと菊地成宗が返事もせずに興福寺の闇に姿を消した。

翌未明七つ、長崎会所の所有船オランダ号が野母崎沖から錨《いかり》を上げ、二檣《にしょう》に縦帆を張って高島の西の沖合に舳先《へさき》を向けた。

空也らは昨夜のうちに内海を小型帆船で抜けて、野母崎沖に停まるオランダ号へと移動していた。真っ暗な海の中に停泊したオランダ号に上がると、ハンモックなる妙な吊り寝床で空也はそそくさと眠りに就いた。

目を覚まして改めて見るオランダ号は、これまで乗った肥後丸《ひごまる》と比べても、何倍も大きな洋式帆船ということが分かった。

全長十八間（約三十二メートル）、船幅六間（約十一メートル）、前檣の高さ十七間（約三十一メートル）、上層の主甲板《かんぱん》のほかに下層甲板、最下層甲板があり、操舵場は船尾にあった。

空也は、吊り寝床がある下層甲板から、主甲板に出て稽古を行った。

稽古の最中にオランダ号は出帆し、しばし手を休めて野母崎の島影に見入っていた。

空也が再び稽古に戻ろうとしたとき、昨夜は会うことがなかった高木麻衣が姿を見せた。奈良尾で会ったときのような身軽な旅衣装で、おそらく堺筒は後ろ帯に隠しているものと思えた。

「昨夜、長州の知り合いと会ったそうね」

麻衣は出帆前、積み荷などを確かめるために多忙とかで、空也とは顔合わせしていなかった。

「会いました。もはやそれがしの知る篠山小太郎ではなく、菊地成宗という初めて顔合わせした人物でした。それにしても長州の息がかかった海賊船が長崎会所の荷船を襲うのですか。俄《にわ》かに信じられません」

「私たちも最初は、唐船が会所の船を襲ったとみていたのよ。でも、調べてみると海賊船の船長はイスパニア人、水夫の大半は唐人たち、まさかそれに和人が関わっているなんて思いもしなかったわ。でもね、奪った積み荷を売り捌《さば》くには異人では難しいわ。襲撃行為とは別に奪った荷を京や大坂で捌くのが長州の面々よ。菊地成宗は、珍しく強奪と売買、両方に関わっている人物なの。このことは以前話したわね。未だ信じられないようだから、高すっぽさん、あなた自身の眼で確かめなさい」

と麻衣が言った。

「昨晩、影警護をつけていただいたこと、礼を申します。無益な争いを避けられました」

と応じた空也が、

「一つ訊いてよいですか。この船のどこに積み荷が積んであるのです。それがしが寝た吊り寝床の下層甲板には積み荷のようなものは見当たりませんでしたが」

「荷を積んだのは別の船で、新長崎丸《しんながさきまる》よ。このオランダ号が野母崎を出立してから半刻遅れで長崎会所の船着場を出るわ。ドン・ミゲル・ロレンソ船長指揮の海賊船フロイス号は、本日の夕暮れどきに外海の沖合辺りで会所の荷船を襲うはずよ」

「長崎会所の本物の荷船の新長崎丸を海賊船フロイス号に襲わせたところを、さらにこのオランダ号が反撃に出るというわけですか」

「およそそんなところね」

「麻衣さん、先方の船は大きなものですか」

「このオランダ号よりは大きいと思って。会所の荷船は和船造りのうえに、せいぜい千五、六百石止まりの大きさのものしか長崎奉行所は認めてくれないの。このオランダ号は、阿蘭陀からそれなりの値段で買い上げた中古帆船よ。フロイス号と戦うにはこのくらいの船が入り用だったの。長州のために会所は大きな出費を強いられたわ」

麻衣が嘆きの言葉を吐いたとき、

「麻衣さんや、海賊船フロイス号がこの海域に出没するようになって、会所の船にも手を出しおった。これはな、会所にとって物怪《もつけ》の幸《さいわ》いではなかったのかな。会所は異人の船のように大筒を備えた洋式の帆船が前々から欲しかったのだろうが」

と鵜飼寅吉の声がした。

「おや、長崎奉行所の上役どのもこの船に乗っておられましたか」

空也が寅吉を振り返った。

「長崎奉行所の管轄外とは申せ、われらの鼻先の海で海賊船が横行するのは気に入らぬでな」

と寅吉が言った。

「なぜこの時期に海賊帆船が姿を見せるようになったのですか」

「長州の都合と海賊帆船フロイス号の利害が一致したのであろう。あやつら、長崎に阿蘭陀帆船がおらぬときを狙うてあれこれと動きおるのだ」

「阿蘭陀帆船がいると、海賊船にとって都合が悪いのですか」

「おお、高すっぽは未だ阿蘭陀帆船を見たことがあるまい。交易商船じゃが、大きな上に荷を守るため何十門もの大砲を積んでおるでな。さすがの海賊船フロイス号も手を出せぬのよ」

「こたびの海賊船退治は、長崎奉行所と長崎会所が話し合った末の行動のようですね」

「暗黙の了解というわけで、こうして長崎奉行所の鵜飼寅吉と大坂中也が会所の御目付役で乗船しておるのよ」

寅吉が威張った。

「海賊船退治のために会所が洋式帆船を購うなど、江戸は許すはずもない。だがな、長崎での海賊船の横行を許すわけにもいくまい。長崎奉行松平様の才覚と会所の費えでかような船が野母崎沖に停泊しておるのよ。江戸には内緒じゃぞ」

長崎奉行所と長崎会所は持ちつ持たれつの関わりがあるということを空也は改めて理解した。そのとき、

「麻衣様、鵜飼の旦那、もうひとり新入りの高すっぽもいたとね。朝餉たい」

と炊き方が、主甲板で話す三人に声をかけた。

「譲吉《じょうきち》どん、朝餉はなんじゃな。まさか異人の食い物ではあるまいな」

寅吉が炊き方に尋ねた。

「鵜飼の旦那、江戸風の味付けの長崎料理たい」

「江戸の味付けなのか、長崎の食い物か。どっちゃな」

「食べてみらんね」

譲吉があっさりと答えた。さすがに密偵の寅吉だ、江戸者にしては長崎にしっ

かりと溶け込んでいた。

操舵場の真下の船室は、この船の重役《おもやく》連が使う場所か、異人の使う長方形の卓と椅子があって、オランダ号船長の吉川広実《よしかわひろざね》と、空也の知り合いである長崎会所の吟味役立花磯吉がすでに座っていた。

「おお、高すっぽどん、久しぶりたいね」

立花が笑顔で迎えた。

「長崎に到着した折り以来です」

「そなたの評判はあれこれ聞いとるたい。長崎の暮らしはどぎゃんね」

「ただ今のところ、なんの不便もなく過ごしております」

「あんた、知っとるね」

「なんでございますか」

「福岡藩黒田家の道場たい。御番衆の猛者連を高すっぽどん、あんたがくさ、毎朝ひとりずつ料理しとろうが。あん高すっぽに形無《かたな》しちゅうて、お偉方が福岡から強か藩士ば呼ぶげな」

立花の言葉に鵜飼寅吉が満足げに笑い、麻衣が、

「中也さん、時に手加減して相手に花を持たせたらどげんね」

と笑いながら言った。

「あれは稽古での打ち合いです。叩いたり叩かれたりで勝ち負けではございません」

「ふーん」

と応じた立花が、

「よかな、高すっぽどん、海賊船相手ならたい、好きなだけ暴れない。手加減はせんでよか」

と空也を焚《た》きつけるように言ったとき、朝餉が運ばれてきた。

船室にいい香りが漂った。

空也は調理された食い物の数々を見た。

「おお、なかなかの馳走ではないか。朝餉はこれでなくてはならぬ、食通の寅吉好みである」

と鶍飼寅吉が空也を見た。

「小間物屋のトラ吉さんと対馬の杣小屋《そまごや》で会うたとき、トラ吉さんはなにを食そうとしておりましたか」

「なにっ、あの夜のことを思い出せというのか。御用の折りの食い物は格別じゃでな」

ふたりを麻衣が見た。

「数匹の、小さな川魚を火に炙《あぶ》って食そうとしておられたのです。その何匹かをそれがしが頂戴いたしました。なんとも風流な夕餉でした」

「高すっぽ、腹を空かせた折りのことを思い出させるな。そなたも言わなかったか、武者修行とは腹を空かせて生きることだと」

「さようなことを申しましたか。武者修行では、馳走が目の前にあるときには遠慮なく食しておくことです。頂戴してようございますか」

「高すっぽ、直箸《じかばし》でいいから、その飲み水で好きなだけ食しなさい」

麻衣の言葉に空也は、海の男が豪快に調理した大皿料理を眺めまわし、にっこりと微笑んだ。あとは黙々と食する空也の食いっぷりにその場の全員が呆れ顔をして言葉を失った。

二

江戸の神保小路の直心影流尚武館道場では、道場主の坂崎磐音が早めに指導を終えて母屋に引き上げた。汗をかいた体を湯船に沈め、ゆっくりと時の流れに委ねていた。すると脱衣場からおこんの声が聞こえた。

「おまえ様、着替えはこちらに置いておきます」

「うむ」

と返事をした磐音は、おこんが脱衣場から立ち去る気配がないことに気付き、尋ねた。

「どうしたな、おこん」

磐音にとって毎月の、東叡山寛永寺別当寒松院《とうえいざんかんえいじべっとうかんしょういん》の佐々木家の隠し墓に詣《もう》でる日であった。

「空也のことか」

「はい」

おこんは返事をしたが、それ以上の言葉は発しなかった。

「おこん、空也も来年には二十歳に達する。われらの手を離れ、独り己の途《みち》を決める年頃じゃ」

「分かっております」

と応じたおこんは、しばし脱衣場にいたのちに去っていった。

磐音は湯から上がると、水を被って身を引き締めた。

着替えを終えた磐音が居間の隣の仏間に座すと、数珠を手にして先祖や夭折《ようせつ》した友の霊前に合掌した。

一月《ひとつき》に一度の寒松院詣での前は朝餉を食さない。

母屋の玄関を出ると、稽古を終えた中川英次郎がいて、

「お供をいたしますか」

と磐音に尋ねた。

「英次郎どの、供は要らぬ。気持ちだけ頂戴しよう」

と会釈を返した磐音に英次郎が、

「空也様の武者修行はいつ終わるのでございましょう」

と珍しく磐音に自ら問いかけた。

「英次郎どの、これぱかりは親のそれがしにも分からぬ。ただ待つしかあるまい」

と答えた磐音の背に、

「いってらっしゃいませ」

とおこんの声がかかった。

うむ、と返事をした磐音が振り向くと、式台の上におこんと睦月が座して磐音を見送っていた。

妻と娘であるおこんと睦月も、毎月決まった日に家長の磐音がどこへ行くのか、知らなかった。

養父の佐々木玲圓がその隠し墓に磐音を初めて伴ったのは、西の丸家基に殉じて自裁する十数日前のことであった。御城の鬼門にあたる神保小路で官営道場ともいえる直心影流道場を受け継ぐ者だけがこの慣わしを承知していた。

磐音は空也にこの月参りの慣わしをすでに教えていた。そのうえで豊後関前から武者修行に送り出したのだ。無事に武者修行から戻った暁《あかつき》には、空也を伴って佐々木家の隠し墓に詣でようと決めていた。

「行って参る」

と言い残して坂崎家の門へと向かう磐音を三人が黙って見送った。

この日、磐音は寒松院の佐々木家の隠し墓を岩清水で清め、太古の原生林を思わせる林の中にある墓前で正座した。

合掌して、しばし無の境地に自らを置いた。

（未だわが孫は江戸に戻らずか）

はるか彼方から懐かしい玲圓の声が磐音の胸に響いた。

（修行の途次にございます）

（親が子の無事を案ずるのは当たり前のことよ）

（いかにもさようにございます）

（珍しきことよのう）

彼方の声が言った。

（胸のうちをさらしてみぬか）

磐音は、空也の修行も四年目に入り、いささか初心を忘れかけているのではないかと危惧《きぐ》していると、亡き養父に訴えた。

（年余の歳月、緊張を保つのは難しいことよ）

彼岸の声は空也の生き方に任せよと言っていた。

（いかにもさようでございました。養父上のお心を乱しましたな。お許しくだされ）

と胸中で洩らした磐音は、ゆっくりと立ち上がった。

ほどなく夏が巡りくる。さりながら空也は当分江戸に戻ってくる気配はないな、と磐音は思った。

武芸修行は仏道修行と同じく、その果てはない。死の時が修行の終わりだ。

若い空也はそのことを頭では承知していよう。だが、日々の暮らしを受け入れることを修行と思い違いしていないか、父親はそれを案じていた。

空也を送り出して以降、かような危惧を覚えたことはない。

磐音は、堂南健吾と、そして当の空也から文を貰い、長崎に滞在していることを知っていささか不安が生じたのだ。この懸念はおこんにさえ伝えなかった。だが、脱衣場でのおこんも同じようなことを案じていたのではないか、と磐音は推量した。

長崎が武者修行の場として適当でないというのではない。

空也が遊里丸山の望海楼を訪ねたと文で知ったとき、空也が己の若き日の行動に接するなどとは思ってもいなかった。ゆえに不思議な感慨に見舞われた。

だが、磐音の危惧はそのことでもない。

空也が長崎を訪ねたのは覚悟の上だと察していた。

薩摩剣法の東郷示現流酒匂一派との確執は、これまでの経緯と歳月の経過からいって、相手方が決して忘れるとは思えなかった。

また空也が無益な戦いを避けて島巡りの修行をしたことも理解できた。だが、こたび薩摩屋敷のある長崎に空也自らの意思で立ち寄ったことに磐音の懸念があった。

これまでの戦いは僥倖《ぎょうこう》と言えた。

勝敗は時の運だ。

武芸者ならば、だれもが知るべきことだ。

空也は、酒匂一派とのこれまでの尋常勝負に勝ちを得ていた。その戦いを断ち切るために島巡りへと向かったのだ。それが徳川幕府治世下に唯一、公に異国に門戸を開く長崎を訪れていた。その長崎で大坂中也なる偽名を受け入れて稽古に励む心算と見えた。

堂南の書状にも空也の文にも油断や増長を感じたわけではない。だが、長崎は、江戸を別として薩摩藩をはじめ西国の諸藩が屋敷を構える唯一の土地でもあった。大坂中也の偽名はいずれ薩摩方にも知れよう。それを覚悟して空也が長崎滞在を決めたことに磐音は漠たる不安を感じていた。

（坂崎磐音、老いたるか）

と磐音は自嘲しつつ忍《しのぶ》ヶ岡《おか》を下りた。

佐々木玲圓の存命中には、不忍池《しのばずのいけ》の西側、下谷茅町《したやかやちょう》にある料理茶屋に立ち寄る慣わしがあり、磐音も三月《みつき》に一度は玲圓の慣わしを引き継いで訪ねていた。だが、本日はなんとなくその気が起きず、忍ヶ岡の東に下りて新寺町《しんてらまち》通りを進み、浅草広小路の最上紅前《もがみべに》田屋に立ち寄った。すると奈緒の娘のお紅《こう》が店番をしていて、

「坂崎先生、母は兄の鶴次郎《つるじろう》を伴い、仙台堀伊勢崎町《せんだいぼりいせざきちょう》の紅花染めの本所篠之助《ほんじょしののすけ》親方のところへ参っております」

と言った。

「おお、鶴次郎どのは篠之助親方のもとへ弟子入りが決まったか」

「はい。本日より住み込みで奉公することが決まっております。もうそろそろ母も戻ってきましょう。秋世《あきよ》さんも一緒です」

「ならば、それがしは小梅村の道場まで足を伸ばし、帰りに立ち寄らせてもらおう」

と言い残し、磐音は吾妻橋《あづまばし》を渡って小梅村の尚武館道場の母屋を訪ねた。するとそこには奈緒と秋世がいて、早苗《さなえ》が茶菓の接待をしていた。

「おや、神保小路の先生がおひとりで小梅村に参られるとは珍しいですね」

磐音が手にした数珠に早苗が目を向けた。

「知り合いの法事に顔出ししてな、気まぐれに前田屋に立ち寄ったのじゃ。お紅どのから、鶴次郎どのが本日より住み込み奉公に入ったと聞いた」

「磐音様、ようよう決心がついたようで、篠之助親方のお許しを得て奉公に上がりました」

と奈緒が応じた。

「秋世、磐音先生に茶菓の仕度をします。手伝ってください」

早苗が妹を台所に連れていった。

おそらく奈緒が鶴次郎のことで磐音に話があると、早苗が気を利かせたのだろう。武左衛門の娘にしては早苗も秋世もしっかりとした女衆に育っていた。

「お紅どのは前田屋でしっかり店番をしておった。これで奈緒の江戸での用事はすべて終わったかな」

「秋世さんがこの数年店をよう守ってくれました。お紅も秋世さんを手伝いたいと申しておりますし、私は近々関前に戻ろうかと思います」

「江戸がまた寂しゅうなるな」

磐音の言葉に奈緒が頷き、

「空也様から文は届きましたか」

と尋ね返した。

「奈緒、空也はただ今長崎におる」

と答えた磐音に奈緒が驚きの声を上げた。

磐音は堂南と空也自身の書信を混ぜて、奈緒に話して聞かせた。

「なんと長崎におられますか」

奈緒が過ぎし日を思い出してか、遠くを見る眼差しで縁側から江戸の空を見上げた。

「なぜ空也が武者修行の地に長崎を選んだかは知らぬ。だが、いささか気にかかることがある」

「なんでございましょう」

「長崎には薩摩屋敷があることだ。むろん空也はそれを承知で修行の地を長崎と決めたはず」

「未だ空也様は薩摩藩の面々に追われているのですか」

「いずこに逃れても薩摩の追っ手は諦めぬようだ。空也は、無益な戦いを避けたつもりが、相手はそうは考えぬようでな。空也は薩摩に所在を知られる覚悟で長崎入りしたと判断される文面であった」

「武者修行はなんとも厳しいものでございますね」

「奈緒、剣術ばかりではない。長崎で空也が驚いたことがある」

「空也様が驚いたこととはなんでございましょう」

「奈緒、そなた、望海楼を覚えておるか」

えっ、と奈緒が磐音の話柄の転換に、思わず驚きの声を洩らした。

「空也様が遊里の望海楼に上がられたのでございますか」

「客としてではない」

と前置きした磐音は、長崎会所の町年寄高木籐左衛門の姪麻衣なる者に連れられて丸山町の望海楼を訪ね、大女将のおからとその娘に会ったことを伝えた。

「なんと申されました」

戸惑いの表情で奈緒が磐音を見た。

「磐音様は、この奈緒が長崎にいたことを空也様に話されたのでしょうか」

磐音は沈思したのち、

「そなたが関前城下を出て長崎に去り、さらに小倉、赤間関、京へと転々としたこと、さらにそれがしがそなたのあとを追って、人違いとも知らず金沢まで向かったこと、わが倅に話すなどあろうはずもない」

　奈緒は茫然自失して言葉をなくしていた。

「すまぬ。嫌な昔を思い出させてしもうたな。奈緒、人の世にはままならぬことがある。われらの間も、またかような運命も天が決めたのであろう」

「は、はい」

　と奈緒が答えた。

　磐音は、望海楼で空也が若き日の父親の懊悩《おうのう》と、許婚であった奈緒との非情な別離を受け入れるしかなかった事実に接したことを、父親に知らせたかったのではなかろうかと、淡々と奈緒に説明した。

　ふたりの間にまた沈黙があった。

　早苗と秋世が茶菓を運んできて、ふたりの雰囲気にまた台所に戻っていった。

「磐音様、話を聞かせてもらってようございました」

　とさばさばした口調で応じた奈緒が、

「空也様はどうして私が望海楼に身を落としたことを知り得たのでございますか」

「奈緒、われら三人の友、それにそなたら姉妹の悲劇は、豊後関前藩の内紛に端を発して起こったことじゃ。今から二十六年前の明和九年、あの御番ノ辻での出来事は空也も承知しておる。されど、そなたのその後は知りようもなかった」

磐音の話を奈緒は頷きながら聞いていた。

「長崎会所の高木麻衣なる女衆は、武者修行の若者の名を坂崎空也と承知していたのであろう。会所の人脈を通じて身許を調べたと思える。この女衆が関心を寄せたのが、空也の父であるそれがしだったのではあるまいか。それがしが二十五年前、望海楼を訪ねた折り、蘭方医の中川淳庵どのと一緒であった。ゆえに長崎会所の女密偵どのから空也は、それがしがその昔、望海楼を訪ねたことを聞かされたのであろう。ただし、奈緒、空也が書状に認めていたこの件《くだり》は、わずか数行、高木麻衣なる女衆に連れられて望海楼を訪ねたことのみ。おぬしの名もなにも書いておらぬ」

「ふっふっふ」

と奈緒が笑い出した。

「おかしいか」

「いえ、父子でよう似ておられます」

「どこが似ておる」

「気遣いです。父御は私を気遣い、倅どのは父や母御のおこん様のことを気遣っておられます。豊後関前で起こった話は、話すのも聞かされるのも避けておりました。それがただ今磐音様の口から聞かされて、胸がほんのりと温かく感じられました。歳月が気持ちを変えたのでしょうか」

「そうやもしれぬ」

「なにやら安心して豊後関前に戻れます」

「お互い別々の道を歩かされたようで、豊後関前の頸木《くびき》から脱せられぬのは一緒じゃな。これからは、空也、睦月と亀之助《きのすけ》、鶴次郎、お紅らが兄弟姉妹同然に生きていってくれることを望む」

「はい」

　と奈緒が微笑んだ。

「奈緒、もう一度長崎の話に戻してよいか」

「もはやなにを聞かされても驚きませぬ」

「そなた、長崎にどれほどいたか、覚えておるか」

「はて、五日か六日、あるいは十日もいたでしょうか。丸山なる傾城町《けいせいまち》の楼から見る長崎しか覚えておりません。それも曖昧な光景です」

「で、あろうな。それがしの記憶もそのようなものだ。蘭方医の中川淳庵どのの師匠筆峰神仙様が一緒ゆえ、望海楼に辿り着けたのだ」

なにを話したいのか、磐音はあれこれと昔を思い出しているふうだった。

「そなた、望海楼で格別に親しく話した唐人相手の遊女、細面の女衆を覚えておらぬか」

「安寿《あんじゅ》さんです」

奈緒は即答した。

「名はそれがしに名乗らなかったゆえ知らぬ。ただ、それがしひとりを自分の座敷に招いてくれてな、奈緒、そなたの話を聞かせてくれたのだ」

奈緒の顔色が変わった。

「白扇にな、絵がそなたの手で描かれておった。幼い男女のかたわらに一句五七五が添えられていた」

「鴛鴦や　過ぎ去りし日に　なに想ふ」

呟いた奈緒の両眼に初めて涙が浮かんだ。

三

野母崎からおよそ海路十数里、北に走った外海の沖合に池島《いけしま》が浮かび、その西に瀬戸をはさんで蟇島《ひきしま》なる無人島が点在していた。

長崎会所の所有帆船オランダ号は、小蟇島《こびきじま》と大蟇島《おおびきじま》とも呼ばれる蟇島の島陰に停泊し、帆柱の頂きの見張り楼から何人もの水夫《かこ》たちが池島の方角を遠眼鏡《とおめがね》や肉眼で見張っていた。

晩春の陽射しが西の海に傾き、オランダ号が海面に長い影を伸ばしていた。

「荷船新長崎丸の姿が見えましたぞ！」

との報告がオランダ号の主甲板に響いた。

「海賊船の姿はないか」

と操舵場から見張り楼に問いが発せられ、池島から北東に海路二里ほどの松島《まつしま》を見張っていた者が、

「操舵場、松島の陰から海賊船らしき船影が新長崎丸へと急接近していきよりますたい」

との知らせが入った。

「海賊船かどうか、とくと確かめよ」

操舵場から緊張した問いが見張り方へと発せられ、しばしオランダ号の船上に無言の時が流れた。

主檣の見張り楼から遠眼鏡で確かめていた見張り方から、

「操舵場、海賊船に間違いなか。大筒の砲撃準備をしておりますと」

「よし、戦仕度《いくさじたく》して待機せよ」

との吉川船長の声が船上に響き、長崎会所のオランダ号は戦闘配置についた。未だ主帆は張られていない。二檣の横桁《よこげた》の上で帆方《ほかた》たちが縦帆を下ろす体勢で待機していた。

オランダ号の舳先に立つ坂崎空也と高木麻衣は、池島の西の沖合を抜けて北西の海へと姿を現した長崎会所の荷船新長崎丸へ、海賊帆船が急接近してその進路を塞《ふさ》ごうとする様子を見ていた。

海賊船フロイス号から新長崎丸へ停船を警告する砲声が響いた。

海賊船接近に気付いた新長崎丸は最大船速に船足を上げた。だが、洋式帆船の海賊船のほうの船足が新長崎丸よりも明らかに上だった。さりながら新長崎丸が外海へと逃れようと西に舳先を向けたために、海賊船フロイス号は新長崎丸を追尾する態勢に進路を変更した。そのせいでオランダ号に船尾を向けるかたちになった。

「全帆拡帆！」

の命が下り、島陰に待機していたオランダ号が身震いをするようにして西風を帆に孕《はら》み、新長崎丸と海賊船を追い始めた。

その距離はおよそ二里ほどか。

再び停船を命じる海賊船フロイス号の大砲が轟《とどろ》き白い煙が流れて、新長崎丸の行く手の海面に落ちた砲弾が水しぶきを上げた。だが、フロイス号は新長崎丸へと狙いを定めていないことは明らかだった。

海賊帆船の狙いは積み荷にあるのだ。砲弾を命中させ、新長崎丸を沈めたり船体を破壊したりすれば積み荷を失うことになる。そのためにまず相手の船を停める要があった。

オランダ号の船足がさらに上がったところで麻衣が空也に訊いてきた。

「高すっぽさんは島巡りで、異国の船が和国の湊に立ち寄って薪水《しんすい》を求めたり、交易を願ったり、あるいは開国を求めたりして和国の沿岸をうろついていることはすでに承知よね」

「対馬藩では高麗の船が阿片の抜け荷のために立ち寄っているのを見ました」

「そのほかに和国から遠くのイギリスの船が和国沿岸を測量して、海図を作成していたり、フランス帆船もあちらこちらに姿を見せていたりしているわ。だけど、幕府は鎖国策を変える気は今のところない。寄港を求める異国の船すべてに長崎へ向かうよう指示している。でも、長崎奉行所では対応しきれないのが実情よ」

麻衣が空也に説明した。

そのあたりのことは空也にも漠然と理解できた。だが、長州藩が幕府の長崎奉行所の鼻先で、長崎会所の荷船を襲う理由にはならない。

「高すっぽさん、公儀は異国船来航に備えて、海防策を諸大名に命じているのを承知かしら」

空也は、豊後関前藩にもそのような海防策を講じる命が下ったと、かの地の剣術仲間から聞いたことを思い出し、頷いた。

「西国の大名は薩摩をはじめ、大なり小なり異国と抜け荷交易をして、藩財政を補っているの」

「肥後人吉藩も八代を拠点に福江島の隠れ入江で異国船と抜け荷交易をしており

ます」

　空也はその抜け荷取り引きに同行していたからとくと承知していた。

「長州は、幕府の海防策を実行するためにも海岸線に大筒を設置したいのよ。だけど、その財源がない。異国との抜け荷交易はもはや西国大名がしっかりと握っているわ。長州としては長崎聞役を命じられていることもあり、長崎事情に通じている。会所が阿蘭陀や唐人交易を通じて、それなりの利益を上げていることを承知よ。そこで長崎会所の交易船に目をつけたのだと思うわ」

「なんと、公儀の命を実施するために長崎会所の船を襲い、利を得ておると申されますか」

「大雑把に言えば、長州の魂胆はそんなところね。他の西国大名に後れを取ったせいで、このような暴挙に出ているのよ。ただし公に長州主導で海賊行為をしているとは知られたくない。そこで異人の船長と唐人の船乗りを乗り組ませて唐人の海賊船を装っているというわけよ。菊地成宗はこの長崎から唐船に乗って唐人の国の上海に渡った。何年も前のことよ。そして、唐人による海賊船の企てをすべて整えてきたの。ある意味では長州側の首謀者ね」

　空也たちが乗るオランダ号は海賊船まで一里と迫っていた。だが、海賊船フロイス号は長崎会所の荷船を停船させることに躍起になっているのか、未だ気付いているふうはなかった。

オランダ号は船名からして阿蘭陀で造られた帆船だろう。荒れ始めた外海でも安定した帆走を続けて、確実に海賊船フロイス号との間合いを詰めていた。よく見ると、フロイス号はオランダ号よりも一回り大きな帆船だった。

海賊帆船フロイス号から三度《みたび》大砲の響きが起こり、七、八丁に迫られた新長崎丸が波しぶきを浴びたのが見えた。

空也はふと舳先から主甲板を振り返った。なんと空也が初めて見る異国製の大砲が右舷《うげん》と左舷、両側の主甲板にいつの間にか持ちだされて固定されていた。空也が思い描いていた砲身の長い大砲ではなく、短い砲身はまるで臼《うす》が据えられているような形の大砲だった。

「麻衣さん、海賊船をどうするつもりですか」

「まず長崎会所の船を襲う海賊行為をやめさせる」

「大人しく相手が聞き入れましょうか。海賊船フロイス号はこのオランダ号よりも一回り大きくありませんか」

「高すっぽさん、海戦は船の大きさではないわ。たしかに大砲の数はあちらが多い。でも、乗り組んでいる水夫たちは上海で寄せ集めた唐人たち。烏合《うごう》の衆よ。それに比べて長崎会所の水夫たちは老練な者たちばかり。幕府には内緒で阿蘭陀帆船の船乗りから、操船から砲撃まで訓練を受けているの」

と麻衣が自慢した。

「お互い大砲を撃ち合うというのですか」

「そう、まず前を走っている新長崎丸がフロイス号を引き付けて、後方からあの臼砲《きゅうほう》の間合いに入るわ」

と麻衣がオランダ号の主甲板に据えられた奇妙な大砲を見た。

「あの大砲はきゅうほうと呼ばれるのですか」

「臼のように不格好な大筒でしょ。だから異人たちはカロネード砲、和人は臼砲と呼ぶ格別な大筒よ。その使い道はこれから見れば分かるわ。接近戦で相手の船体に大穴を開ければ、まずこちらが先手を取ることができる」

と麻衣が空也に言ったとき、海賊船は背後から忍び寄るオランダ号に気付いたか、船尾に積んだ大砲の砲撃準備に急ぎとりかかった。

そのときオランダ号はフロイス号の背後二丁のところまで迫っていた。

「右舷側臼砲砲撃準備！」

の命がオランダ号の操舵場から発令された。

空也が見ていると左舷側の砲撃要員が右舷側の臼砲二門の加勢に回った。

間合いが一丁近くに迫ったとき、海賊船フロイス号の船尾下層甲板の砲門に突き出された大砲から砲弾が撃ち出され、
ドドーン
と轟音《ごうおん》が響き渡った。

「座りなさい、高すっぽさん、大砲の的になりたいの」

麻衣が空也の袖を引っ張って舳先の床に伏せさせた。

次の瞬間、オランダ号の右舷側の海上を丸い砲弾が飛んでいった。

「麻衣さん、肝《きも》を冷やしましたよ。それにしても大筒はなかなか当たらないものですね」

「大砲には砲撃に適した間合いがあるのよ。海賊船はその間合いを外したわ。オランダ号が相手の懐に入り込んでいるのよ」

「剣術の間と一緒ですね」

と言った空也は舳先から立ち上がって海賊船を見た。

もはやオランダ号とフロイス号の間合いは、一丁を切っていた。

後手に回った海賊船は必死で全速航海に移り、オランダ号を引き離して自分たちの大砲の間合いまで離れようとしていた。

「面舵《おもかじ》に切ったわ」

海賊船が右手に舵を切った。

その間にオランダ号はフロイス号の左舷へと迫っていた。

空也は新長崎丸が反対に取舵《とりかじ》をとって海賊船から間を空けようとしているのを見た。

洋式帆船の操舵は和式の千石船よりも複雑のように見受けられた。だが、風を孕《はら》んだ帆船の船足はなかなかのもので、横風にも帆走が可能だということが見てとれた。

オランダ号の操舵場の面々は吉川船長以下、海賊船よりも舵取りと操帆が巧みだった。

いつしかオランダ号とフロイス号は半丁の間合いで並走していた。

空也にも海賊船の操舵場に異人の船長がいて、唐人たちがその命に従っているのが見えた。だが、菊地成宗と思しき姿は見えなかった。

「お互い船を破壊する気持ちはないのですか」

「相手の気持ちは分からないわ。こちらとしてはこの海戦を制し、長州藩に手を引かせる」

「これまで二度海賊船に襲われたのですよね」

「長崎会所が損した分は、倍返しで長州に請求するわ」

「海防策の費えに海賊行為をしようという長州藩ですよ。大人しく返しますか」

「長州は長崎会所の船を襲ったと思っているでしょうね。幕府の直轄地の長崎奉行所と敵対しているわけではないと甘く考えているかもしれないけど、そうはいかないわ」

「ああ、そうか。長崎奉行所の鵜飼寅吉どのがオランダ号に乗船しているのは、見聞役としてですね」

「そういうこと」

　と麻衣が言ったとき、操舵場から、

「面舵いっぱい！」

　と決然たる命が下り、二隻の帆船はゆっくりと間合いを詰めていった。

　空也は海賊帆船フロイス号の主甲板がオランダ号のそれよりかなり高い位置にあることを見ていた。そのうえ、下層甲板の砲門から突き出された大砲の砲身がぎりぎり一杯に下げられようとしているのが分かった。
「オランダ号が相手の海賊船の内懐に確実に入り込んだようですね」
「分かった」
と麻衣が両耳を両手で塞ぎながら叫んだ。
空也も麻衣に倣おうとしたとき、
「右舷一番臼砲、砲撃！」
の命が途中まで聞こえた。
ばたばたとはためく縦帆と帆船の舳先が切り裂く波の音の間から、腹にずしり
と響く臼砲の砲撃音が聞こえてきた。
空也は臼砲から打ち出された丸くて大きな鉄球がフロイス号の喫水線《きっすいせん》上にどす
んという音とともに命中し、
がくん
とフロイス号の船足が止まり、破壊された大きな穴から海水が海賊船の船内に
流れ込んでいくのを見た。
「二番臼砲、砲撃！」
の命が続いて下り、相手の海賊船フロイス号からもほぼ同時に砲撃がなされた。

だが、オランダ号の船体がひと回り小さなことと、大砲の角度を下げきれなかったことから、砲弾は弥帆《やほ》をずたずたに破壊しただけで海面に落下した。

次の瞬間、オランダ号の二番臼砲から砲弾が撃ち出されて再び海賊船の左舷船腹に命中し、二つ目の破壊孔を造った。ためにフロイス号は左に傾いてさらに速度を弱めた。

オランダ号の巧妙な作戦が功を奏して、一瞬にして勝負が決着した。

空也は洋式帆船の操舵性と砲撃力を存分に見せつけられた。

「お見事です」

空也が海戦勝利を祝す言葉を発した。

「高すっぽさん、勝負はこれからよ」

「えっ、傾いた船体から相手方はもはや砲撃できないのでは」

「そうでしょうね」

と麻衣は後方に離れた海賊船の動きを確かめようとした。

空也が見倣うと、後ろに傾きかけた海賊船の船上では鉄砲や鉾や青龍刀を構えた唐人たちが肉弾戦の仕度を整えていた。

麻衣が舳先から操舵場へと主甲板を走り、オランダ号は縮帆して海賊船ののろのろとした船足に合わせた。

オランダ号の操舵場から異人の言葉が海賊船フロイス号に投げかけられた。

空也には分からないが、鉄砲を構えた海賊と半丁の間合いで異人の言葉による話し合いが続いた。操舵場には長崎奉行所道場の師範にして目付頭の諫山寺道幸の姿もあった。

海賊船への呼びかけが、不意に和語に変わった。

話し手は高木麻衣だった。

「長州藩藩士菊地成宗どの、おられるか」

突然の和語に海賊船の操舵場はざわめいた。

空也が海賊船を見ていると、篠山小太郎として知り合った菊地成宗が傾いた海賊船の主甲板に姿を見せた。

「なんぞ御用かな」

菊地がまるで自分は偶々《たまたま》乗り合わせた船客といった口調で麻衣に応じた。

「すべて決着はついたわ」

「なんの決着ですかな。わがほうはいきなりそちらの船の砲撃を受けてかような被害を受けたのだ。もしそちらの船が長崎会所の船ならば、こちらから修繕の費《つい》えを請求したいものじゃな」

「その言い訳は無用よ。もしそちらがそう言い張るなら、そちらの船を海の藻屑《もくず》にしてもいいのよ」

麻衣がすでに新たに装塡を終えた臼砲を海賊船フロイス号に向けさせた。

「まあ、待て、待ってくれ。船長と話すでな」

菊地がいささか動揺の体《てい》で操舵場のイスパニア人船長と異人の言葉で話し出した。長い会話があって菊地が再び麻衣に注意を戻した。

「船長は、最後まで戦うと言うておる。船を付け合って肉弾戦をなす。それがイスパニア人のやり方と言うておる」

「傾いた船にうちの船を付けよというの。厚かましいにもほどがあるわね」

「そうかのう」

菊地成宗は、空也が大村城下の町道場で会ったときの印象とは違い、ふてぶてしかった。

「勝負はすでに決着がついている。長州藩が取り潰しに遭《あ》うかどうかは、このあとの始末次第ということを分かってもらいたいわね。こちらの船には長崎奉行所目付頭諫山寺道幸様、また松平石見守様家臣大坂中也こと坂崎空也様が見聞方として乗船しているのよ」

空也は、突然麻衣の口から偽名と本名が呼ばれたので驚いた。

「なに、高すっぽが乗っておるというのか」

「舳先をご覧なさい」

菊地成宗は舳先にいた空也に気付かなかったようで視線を向けた。

「菊地成宗どの、あちらこちらでようお会いしますね」

「おのれは」

と歯ぎしりした菊地が麻衣に視線を向け直し、

「われら、砲撃戦の負けは認めよう。じゃが、完全に敗北したわけではない。もう一つ、尋常勝負ですべての決着をつけぬか」

と言い出した。

「その勝負の結果次第では一連の海賊騒ぎを認めて長州藩は長崎会所に詫び、会所が被った被害に相当する額を支払っていただくわ。ただし藩の立場もありましょう。このことは長崎奉行所に留め、江戸には内緒にして知らせないわ」

「反対にこちらが勝ちを得た場合は、これまでの海賊行為はすべてなかったことでどうだな」

菊地が都合のよい提案をなし、しばし考えた麻衣が空也に視線を向けた。

四

西に傾いた陽射しが三隻の船を照らし出していた。

波は最前より穏やかになり、臼砲二発の砲撃を受けて傾いた海賊船フロイス号は船大工が乗っていると見えて、臼砲で開いた孔の補修を必死で行っていた。そのために沈没は免れていた。

オランダ号はおよそ一丁離れた海上に停船する海賊船とは舳先を北と南に向けて停船し、その間に荷船の新長崎丸が停船していた。

海賊船とオランダ号から一艘《そう》ずつ小舟が下ろされた。

海賊船からはイスパニア人の貴族にして剣客ホルへ・マセード・デ・カルバリョ卿と付き添いとして菊地成宗が乗り込んでいた。

またオランダ号からは坂崎空也と付き添い人として高木麻衣が乗り、互いの小舟の船頭は静まったとはいえ大きくうねる波間を、新長崎丸へと必死で漕《こ》ぎ寄せた。

二艘の小舟は、ほぼ同時に新長崎丸の右舷と左舷に寄せられた。すると縄梯子が小舟へ垂らされた。

まずカルバリョ卿と空也が縄梯子に手をかけて、するすると新長崎丸の上層甲板に上がった。続いて菊地成宗と帯を前結びにきりりと締めた麻衣が続いた。

痩身のカルバリョ卿は、長崎会所所有の荷船の上層甲板を見回した。

新長崎丸は、海賊船フロイス号はもちろん、オランダ号と比べても小さかった。とはいえ、水密性を持った和船の千石船の二倍以上の甲板の広さがあり、乗り組みの者は操舵場の船頭と舵方を残し、すべて船倉に身を潜めていた。

空也は、異人と付き合いを持ちながらも着物を愛用する麻衣が縄梯子を上がってくるのを見守り、手を差し伸べて舷側を乗り越えるのを手伝った。

砲撃戦を終えたフロイス号とオランダ号の間に停めた新長崎丸の甲板にてふたりの剣客同士の尋常勝負で最終決着をつけることが話し合われた。

空也はオランダ号に乗船したときから、なんらかのかたちでこの海戦に関わることを覚悟していた。ゆえに麻衣の無言の眼差しを受けて、イスパニア人剣客カルバリョ卿と戦うことを承知した。

空也は麻衣に承知の合図をした瞬間から、長崎奉行所、長崎会所と長州藩が関わる海賊船のことも頭から消した。そして貴族剣客との真剣勝負に気持ちを切り替えて集中させた。

オランダ号から新長崎丸へと向かう小舟で麻衣が、

「高すっぽさん、イスパニア人剣士カルバリョ卿について、長崎会所も上海から洩れてくる風聞程度しか摑んでいないわ。上海にいる異人の中でも一、二の剣の遣い手だという噂くらいよ。あなたは野崎島で神父剣士のマイヤー・ラインハルトと剣を交えたわね。かれはプロシャ系の異人、プロシャ人の剣法よ。こたび相手するカルバリョ卿は南蛮人貴族の剣術ゆえ、剣風が異なるはず。その程度のことしか伝えられないわ」

とすまなそうに言った。

空也は麻衣の言葉にただ頷いただけで沈黙を守り、気持ちを集中させた。

新長崎丸の上層甲板でホルへ・マセード・デ・カルバリョ卿と坂崎空也は初めて視線を交わらせた。

異人の歳を空也は判断できなかった。おそらくカルバリョ卿は三十過ぎかと推測した。武人として心技体ともに調和のとれた年齢だろう。

菊地成宗と麻衣は左舷と右舷、反対の舷側に離れて立っていた。

成宗が、

「高すっぽ、そなたがまさか先の西の丸徳川家基様の剣術指南であった坂崎磐音様の嫡男とはな。驚いたぞ」

と話しかけた。麻衣の言葉で高すっぽが何者か気付いたのであろう。

だが、空也はなにも答えない。すると菊地成宗の視線は高木麻衣に向けられた。

「この勝負ですべてことが決着いたす。ここに、最前話し合われた約束ごとが認められてある」

と書状を手にひらひらと麻衣へ見せた。

「菊地成宗さん、あなたのことを長崎会所は一つとして信頼していないわ。坂崎空也様を日見峠で待ち伏せしたことが、あなたにとって吉と出るか凶と出るか、吉と出ることを祈ることね」

と麻衣が突き放した返答で応じた。

空也は長崎を出るとき、長崎奉行所に戻り、武者修行中に着ていた古びた衣服に着替えていた。そして、腰には家斉から拝領した修理亮盛光一剣だけを差し落とし、脇差は残してきた。愛用の木刀を携えるかどうか迷った末に木刀も携えなかった。

一文字笠《いちもんじがさ》のような黒い帽子を被ったカルバリョ卿は、襟のある白い衣装の上に異人羽織を身につけ、ふわりとした半袴《はんばかま》に革製の沓《くつ》を履いていた。その沓底で新長崎丸の上層甲板の床をこつこつと叩いて感触を確かめた。

空也は右舷側に立ったまま動かない。かたわらから麻衣の息遣いが伝わってきた。

カルバリョ卿が腰に吊るされた剣を抜いて、新長崎丸の船上を吹き抜ける潮風をゆるやかに撫《な》で斬った。

その動きを見て、空也は、

(たしかにマイヤー・ラインハルトの剣遣いとは異なる)

と理解した。

どう違うと問われても答えようがなかった。

武術家の勘がそう教えていた。

空也は舳先側に向かって麻衣のもとを離れた。そして、操舵場に向き合うように体の向きを変えた。それを見たカルバリョ卿が空也とは反対側へ、新長崎丸の操舵場下に歩いていき、空也と向き合った。

両者の間合いは六間。

真ん中に帆柱が立っていた。だが、帆は畳まれて横桁に括《くく》りつけられていた。ゆえにお互いの構えはとくと見えた。

カルバリョ卿は空也に向かって会釈をすると、異人特有の半身に構えた姿勢で右手に保持した剣をゆったりと突き出した。

空也はその構えを見て修理亮盛光を抜くと、正眼に置いた。

不意に海賊船から鼓笛隊の調べが波間を渡り、響いてきた。

その調べに勇気を得たようにカルバリョ卿がするすると間合いを詰めてきた。

空也はラインハルトとは動きの緩急と間合いの取り方も違うことを直感した。

(まずは動きを見ることだ)

いったん空也の一間半ほど前で動きを止めたカルバリョ卿が空也を誘うように剣を虚空で緩《ゆる》やかに回した。

空也は動かない。

幼いときから学んできた直心影流の正眼に置いたままだ。そして、

「己が眼中にて敵の眼中を射貫《いぬ》く心持ちで正視し、刀の切っ先を敵の眼と眼の間へ付ける」

の教えどおりに盛光の切っ先をカルバリョ卿の両眼の間につける陽の構えをと

ったままだ。

カルバリョ卿は和人との真剣勝負は初めてなのか、この陽の構えを嫌がる様子を空也は感じた。カルバリョは、正眼の構えを崩そうとさらに踏み込んだ。

突然剣と盛光がほぼ同時に絡《から》み合った。カルバリョ卿の剣がしなやかに変化して、空也の首筋に落ちてきた。

空也は野崎島での戦いで学んだ異人の剣に対して、柔らかく弾いた。

当然相手もそのことは承知していた。弾かれた剣が潮風と一緒に空也の胴へ、肩口へ、胸へと間断ない連続攻撃に移った。

長い戦いの始まりだった。

カルバリョ卿が攻め、空也が防御した。

鼓笛の調べがカルバリョの動きに合わせて速くなった。

空也は無心に弾いた。

互いは攻めと守りに徹した。

その先のことは両者ともにまったく考えてはいなかった。

麻衣は空也がラインハルトとの戦いで異人の剣風を学んだと感じていた。ただし、攻めるきっかけを摑めずにいるのではないかと、不安も感じた。

異人の刻《とき》で三十分が過ぎた。

カルバリョ卿は、流れを変えるためか、空也の剣が弾く動きを見せる間に後ろに飛び下がり、紅潮した顔に怒りを漂わせた。黒い被りものを脱ぎ捨てると、なんと剣を右手から左手に持ち替えた。

それを見た菊地成宗がにやりと笑い、

「坂崎空也、死の時ぞ」

と声をかけた。

その瞬間、空也は直心影流から薩摩で学んだ野太刀流の構え、

「右蜻蛉」

に盛光を構えた。

カルバリョ卿は、空也が腰を沈め、右足を前に左足を後ろへと引いて、
すっく
と、盛光の切っ先を残照の空に立てた構えの美しさに魅了された。

カルバリョ卿は負けじと左構えの剣を引き付けながら生死の境に踏み込んだ。

同時に空也の口から、

「キエーッ！」

という猿叫《えんきょう》が大海原を圧すると、間合いを詰めた両者の必殺の突きと右蜻蛉からの打ち込みが交錯した。

麻衣も菊地も息を呑《の》んだ。

カルバリョ卿の突きが空也の喉元を突き破ったと思われた次の瞬間、

「朝に三千、夕べに八千」

もの猛稽古に支えられた打ち込みがカルバリョ卿の脳天を直撃し、その場に押し潰していた。

鼓笛の調べが止まり、悲鳴が上がった。

空也はしばしその場に立ち続けていた。痙攣《けいれん》していたカルバリョ卿の眼差しが一瞬空也を見て、驚愕の表情を見せたかと思うと、ことりと息を引き取った。

空也は、カルバリョ卿を片手拝みにして、

(坂崎空也、五番勝負)

と胸中で言葉を発しかけたが、五番勝負の宣告は途中で霧散した。

空也が盛光を血振りしようとしたとき、

「許せぬ、坂崎空也!!」

と菊地成宗の叫び声が新長崎丸の船上に響いた。血振りをやめた空也が視線を菊地に向けると、南蛮短筒の引き金を引こうとしていた。

尋常勝負の直後のことだ。避ける間がなかった。

死を覚悟した。

銃声が船上に響き渡った。

「うむ」

空也は、菊地成宗が後ろ向きに海へと転落していく姿を見た。

銃声がしたほうを空也が見ると、後ろ帯の間から抜いた堺筒を構えた高木麻衣がいた。

「麻衣さん、助けられました」

「それはこちらが言うことよ」

と麻衣が答えた。

いつの間にか新長崎丸の船上に水夫たちが姿を見せていた。

空也は血振りをくれた盛光を鞘に納めると、

「カルバリョ卿を小舟に移したいのです、どなたか手伝ってくれませぬか」

と願った。

暮れなずんだ外海を、ホルヘ・マセード・デ・カルバリョ卿と、海から引き上げられた菊地成宗の骸《むくろ》を乗せた小舟が海賊船フロイス号のほうへと漕ぎ寄せていくのを、空也と麻衣は黙然と見送った。

「また高すっぽさんに借りができたわね」

「貸し借りなどなにもございません。それよりこれで事は終わったと考えてよいのですか」

「長州藩に対してならば、長崎奉行所の諫山寺様と寅吉さんが見聞していたことよ。長州が長崎聞役の役目を続けたいのならば、こちらの要求を呑むしかないわね」

と自信ありげに麻衣が言った。

「長崎に戻りますか」

「夜の航海は危険よ。オランダ号も新長崎丸も池島に立ち寄って夜明かししね」

という言葉が操舵場に聞こえたか、新長崎丸の帆が広げられた。

江戸の三十間堀の野太刀流薬丸道場は、大勢の門弟が入門し、盛況を極めていた。

武左衛門が薩摩剣法の凄さを大仰に幾たびも読売に書かせたことで、入門志願者が押し寄せてきた。

　このところ武左衛門が毎日のように薬丸道場に押しかけては、自分がまるで薬丸道場の師範代か番頭のように、

「おぬし、入門をお望みの者かな。よいか、束脩《そくしゅう》はこのわしが預かっておいて、後ほど薬丸兼武先生にお渡ししよう。薩摩剣法は、東国剣法と違い、厳しいぞ。最初の三日我慢いたせ、さすれば三月は辛抱できよう。となれば三年はもつ。そうなれば、そなたは野太刀流の免許皆伝も夢ではないでな」

などと言いながら振る舞っていた。

　この日、品川柳次郎と小田平助も一緒に薬丸道場を訪れていた。

「柳次郎、そなた、わしが考えた読売を使う策に反対したな」

「反対はせぬ。だが、かようなことをして門弟を集めても長続きはすまい」

「柳次郎、長続きなどだれも考えておらぬ。いかに門弟志願者を集め、束脩を支払わせるか、ここが大事なのだ」

「おい、剣術と商いを一緒にする奴《やつ》があるか。そのうち、薬丸新蔵どのに頭を叩き割られるぞ」

「新蔵どんはな、野太刀流の武名をこの江戸で上げることしか頭にない。ゆえに

商売繁盛にな、大いに満足しておるわ」

と武左衛門が言い張り、そこへ初めて訪ねてきた気配のふたり組を眼にすると、

「おお、入門をお望みかな、よう来られた。花火は玉屋、剣術は野太刀流に止《とど》めを刺すでな。こちらに入門書きがあるゆえ、認めてくれぬか」

ともみ手をしながら柳次郎と小田平助を尻目にふたり組のところに向かった。

「商売繁盛大いに結構か」

憮然と柳次郎が言い、最前から無言を通していた小田平助が、

「武左衛門どんに任せるしか手はあるまい。どげんもならんたい」

と応じて両人は、薬丸道場を出た。すると木挽橋《こびきばし》の袂《たもと》に薩摩拵えの刀を差した武家が三人立っていて、

「おぬしら、薬丸道場と関わりの者か」

と険しい口調で質した。

「わしは年寄りですたい、あげな激しか剣術は向かんごたる。束脩を取られる前に逃げてきたと」

小田平助が応じた。

「それは利口な判断であったな」

「そなた方はあちらの門弟衆ですか」

柳次郎が質した。

「あげな剣術は薩摩剣法じゃなか。そのほうら、入門せんでよかったど」

年配の武家がふたりに言った。

柳次郎と平助は三人から急ぎ離れた。

「小田様、あの三人組は薩摩藩邸の者でしょうか」

「間違いなか。ちいとばかり派手にやりすぎたたい。なんぞ事が起こらねばよかばってん、どうしたもんやろか」

「ここまで足を伸ばしたついでです。小田様、神保小路に顔出ししていきませぬか」

「そやな、こんことを磐音先生に知らせておいたほうがよかろ」

と三十間堀を渡った両者は神保小路へと足を向けた。

薩摩藩領菱刈郡の麓館は一足早く蝉しぐれに包まれていた。

渋谷眉月は江戸の両親から届いた文への返書を書こうとしていた。そこへ麓館の家臣、宍野六之丞が姿を見せた。

「眉姫様、京泊の船問屋から文が届きましたぞ。長崎に立ち寄る船の手配がついたそうです」

「六之丞、いつ麓館を出立しますか」

「眉姫様、今日明日のことではございません。五月の終わりに鹿児島の船問屋の船の手配ができたということです」

「京泊から長崎までどれほどかかるのですか」

「船旅は風次第です。肥前長崎はそう遠いところではありませんので、三、四日で着きましょう」

「皐月《さつき》の終わりまで空也様は長崎におられましょうか」

「眉姫様は長崎に宛てて文を書かれたのでしょう。ならば必ずわれらを待っておられますぞ」

と六之丞が請け合った。

眉月の江戸への旅には六之丞をはじめ、四人の男女が従うことが決まっていた。

「私と六之丞は空也様の命の恩人ですものね。その願いが聞けないはずはないわ」

と自分に言い聞かせるように眉月が言った。

「眉姫様」

六之丞の声音が変わった。

「こたびもわれらが長崎を訪ねたら、高すっぽが大怪我をしているなんてことはありませんよね」

息を呑んだ眉月が険しい形相《ぎょうそう》で顔を横に振り、

「二度あったからといって三度繰り返されるとは限らないわ」

と言い切った。

ふたりが最初に接した空也は、まるで水死体のように川内川に浮かんでいた。八代で再会したときは、酒匂参兵衛との真剣勝負で大怪我を負っていた。そのことを六之丞は言っていたのだ。

「高すっぽもわれらと江戸へ一緒に戻りませんかね」

六之丞の言葉が真ならば、どれほどか喜ばしいものを、と思いながら眉月は聞いた。

眉月は蟬しぐれを聞きながら、麓館の緑を眼に焼き付けるように眺めた。

文春文庫

未《いま》だ行《ぎょう》ならず　上
空《くう》也《や》十番勝負《じゅうばんしょうぶ》（五）決定版《けつていばん》

定価はカバーに表示してあります

2021年12月10日　第1刷

著　者　佐《さ》伯《えき》泰《やす》英《ひで》
発行者　花田朋子
発行所　株式会社　文藝春秋

東京都千代田区紀尾井町 3-23　〒102-8008
ＴＥＬ　03・3265・1211㈹
文藝春秋ホームページ　http://www.bunshun.co.jp

落丁、乱丁本は、お手数ですが小社製作部宛お送り下さい。送料小社負担でお取替致します。

印刷製本・凸版印刷

Printed in Japan
ISBN978-4-16-791796-8